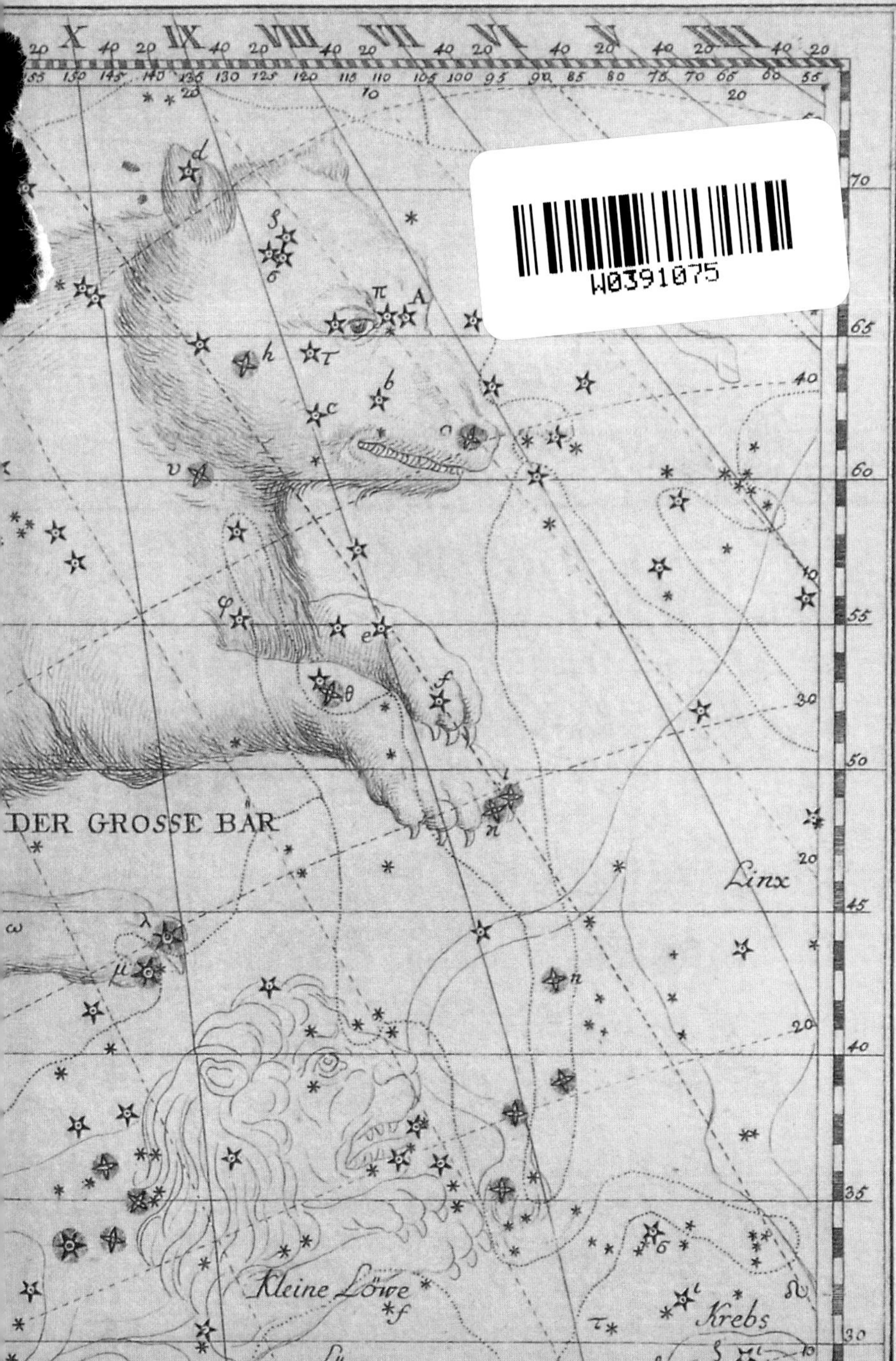
DER GROSSE BAR
Linx
Kleine Löwe
Löwe
Krebs

Peter Raba

Gespräche mit Bruno

Requiem für einen Braunbären

mit Illustrationen von
Robert Holzach

Edition
Lebenswert

Wichtiger Hinweis

Der Verlag weist darauf hin, daß aus den vorliegenden Texten nicht abgeleitet werden kann und darf, daß Bären grundsätzlich menschenfreundlich sind, vor allem dann nicht, wenn man ihnen zu nah auf den Pelz rückt und sie reizt. Für Schäden, die nach der Lektüre dieses Buches aus der falschen Beurteilung einer Situation entstehen sollten, können weder Verlag noch Autor in Anspruch genommen werden.

Anmerkung

Dieses Buch ist bewußt nach den Regeln der alten Rechtschreibung geschrieben, um die Schönheit und Folgerichtigkeit der deutschen Sprache im Sinne unserer Väter und Großväter zu erhalten.

Edition Lebenswert

Peter Raba & Monika Haase GbR
82418 Murnau

1. Auflage 2008
Internet: www. edition-lebenswert.de

Titelbild Bruno: Christian Gareis/Bernd Feldmann, Eurasburg
Titelbild Hintergrundphoto: Mona Haase, Murnau
Titelbildgestaltung: Isabella Marker, isadesign®, Garmisch-Partenkirchen
Illustration: Robert Holzach, München
Vorsatz und Abb. S. 89 (Ausschnitt) nach einer Tafel
aus Johann Elert Bodes Werk *Die Gestirne*
(1782, siehe Bibliographie am Ende des Buches)
Satz: Noch & Noch, Balve
Gesetzt aus Scala Serif und Scala Sans
Druck: Druckerei Himmer AG, Augsburg
Bindung: Conzella Verlagsbuchbinderei Urban Meister

ISBN: 978-3-9812194-6-3

»Tradition ist nicht die Verehrung der Asche, sondern die Weitergabe des Feuers«

GUSTAV MAHLER

»Die Erde und unsere Verwandten, die Pflanzen und Tiere, sprechen ständig zu uns – so lautet die Botschaft von Sun Bear, wir müssen wieder lernen zuzuhören. Sie sind nicht nur Gegenstände, die wissenschaftliches Interesse hervorrufen, sondern Ausdruck von geistigen Archetypen, die in und außerhalb von uns in der Natur leben und vielerlei Gestalt annehmen können. Hier nun ist mir der unsterbliche Bärengeist erschienen, er hat mit mir gesprochen und meine Seele berührt.«

WOLF-DIETER STORL

(Aus: *Der Bär – Krafttier der Schamanen und Heiler*)

I

»Da hams uns sauber was einbrockt, mit der Aufgab! Rauskommen darf nix! Sonst zündt uns noch jemand 's Haus an, wenns ruchbar wird, wern umglegt hat. Die Volksseele kocht sowieso schon.«

»Also erstens hammer ihn noch net, und zweitens: Denk a mal an die Bauern. Die san' auch net z' neiden, wenns standig Angst ham müssen um ihre Schaf' und Ziegen, ihre Kälber und Hasen. Es kann doch net immer so weiter gehn. Der Bursch kennt halt kein' Bahnhof!«

»Hast ja Recht. Aber so richtig wohl ist mir net bei der Sach. Bei einem Rehbock oder aner Gams tu ich mir leichter. Aber der Bär, – der is halt was Bsondres. Da müaß ma net stolz drauf sein, wenn ma den derwischen.«

»Es hilft nix, einer muß's halt machen! Es zeugt doch auch von Vertrauen, daß sie uns dafür ausgsucht ham.«

»Kannst sagen, was magst, – leid tut er mir trotzdem.«

»Dann hättst koa Jaga wern derfen!«

»Nimm an, wir ham ihn wirklich vorm Rohr, diesen Kindbär von grad amal zwei Jahren. Bist sicher, daß dirs Korn net verreißt, wenns drauf ankommt, weil d'n eigentlich gar net treffen willst?«

»Dös könn ma uns net leisten. Dafür bist ausgebildet worn.«

»Hast überhaupt die richtige Bärentöter-Munition dabei, so heißts doch beim Karl May. Weißt es noch, Old Shatterhand?«

»Du stellst vielleicht Fragen!«

»Ich mein ja nur, du weißt schon: damit er einen würdigen und schnellen Abgang hat. Denn wenns anders wär, wenn er langsam verbluten tät, könnst dich nimmer gut im Spiegel anschaun, denk ich mir. Und a Bärenhatz von einem angschoßnen Tier solls auch keine wern.«

»Naa, das hätt' er net verdient.«

»Und wenn er endlich daliegt? Dann sind am End doch wir die Schuldigen.«

»Damit mußt leben! – Aber daß er so worn is, wie er is – des ist auch Menschenschuld.«

»Wirds leichter, wenn wir die Schuld verteilen? – Bscheiß di doch net selber. – Woast, was i glaub?«

»Hmm?«

»Die wollten den Bären von Anfang an net lebend ham.«

»Dös hab i mir a scho denkt.«

»Moanst, daß die die Finnen bloß her bstellt ham, damit sie sagen können, sie hätten alles versucht?«

»Naa, i glaub schon, daß sies ehrlich gmeint ham. Aber a Armutszeugnis is trotzdem, daß sies net zambracht ham, samt ihrer ganzen Technik net. Vierzehn Tag hamsn gjagt. – und unser Abschußgenehmigung is jetzt grad amal a paar Stund' alt. Ziemlich hell is schon. Wie viel Uhr hast'n?«

»So um fünfe rum. Ein Viertel vor, um genau zu sein. Meinst, daß er so nah her kommt?«

»Warum denn net? Wir ham doch gute Köder ausglegt. Außerdem hat der vor Menschen überhaupt koa Scheu mehr ghabt. Am Abend is er doch scho da gwesen, ganz nah am Rotwand-Haus. Da hat 'n dann der Wirt vertrieben.«

»Irgendwie rührts einen schon an, gel? – 'S is grad, als ob er a letzts Mal um Asyl gebeten hätt, als ob hätt sagen wollen, ›gebts mir doch auch an Lebensraum, ich bring euch dafür die Kurgäst her‹. – Aber koaner kapierts.«

»Jetzt werd net sentimental. – Bestimmt is er noch in der Näh. Sonst hätten s'n uns net gmeldet von der Kümpfl-Alm aus.«

»Das sagt gar nix. Der kann auch schon längst wieder über alle Berge sein.«

»Tätst es dir fast wünschen?! Aber ich kann ihn spüren. Der is net weit weg.«

»Und was mach mer, wenn er uns über d' Grenz abhaut? Dann hammer a Problem!«

»Dös darfst net amal denken! Sonst spannt ers noch und haut wirklich ab.«

»Und warum sollen wir mehr Glück haben als die Finnen?«

»Weil wir in Bayern san. Und der Bär is jetzt a bayerischer Bär. Fragt sich allerdings, ob ma das Glück nennen soll. – Für ihn sicher net.«

»Und für uns auch net. I hab a scheiß Gfühl dabei. Du machst es auch net gern, was uns da auftragen is. Gibst es bloß net zu! – Oder?«

»Nein, aber laß uns a mal ansitzen. Ich hab da so a Eingebung!«

»Da drüben, bei den jungen Fichten hab ich grad dacht, bewegt sich was. Das könnt er sein.«

»*I werd verrückt. Da is er tatsächlich!*«

»Der Wind steht gut. Witterung hat er keine. Aber halt dich ruhig, der hört verdammt gut.«

»*Was schätzt?*«

»Gute hundertfünfzig.«

»*Einfach so aus'm Hinterhalt?! Is doch feig! Kannst da noch gut schlafen?*«

»Darüber darfst net nachdenken. Jetzt schaut er her. Er hat uns gsehn. Ganz arglos is er – kommt sogar direkt auf uns zu.«

»*Wer nimmts auf sich?*«

»Mach mers beide. Dann verteilt sich d' Last. Is auch sicherer.«

(Zwei Schüsse fallen kurz hintereinander)

»Da liegt er. Gott sei Dank – gut troffen! Leiden hat er net müssen. – Guter Kerl! – Bruno, vergibs uns!«[1]

1 Das Gespräch zwischen den Jägern ist frei erfunden. Mögliche Ähnlichkeiten mit tatsächlichen Gedankengängen sind zufällig. Die Identität der Jäger wurde seinerzeit zu deren Schutz geheim gehalten. (Der Text war ursprünglich in rein bayerischem Dialekt gehalten. Die Schreibweise wurde dann aber wegen besserer Verständlichkeit abgemildert.)

II

Da stehst du nun – oder das, was von dir übrig ist, – in einem Schloß, in das du bestimmt nicht eingebrochen wärst auf deinen Streifzügen – und die Menschen kommen und schauen deine Hülle an. Bewundernd und in immer noch respektvoller Distanz versuchen sie, sich zu erinnern. Erinnern an etwas, das ihnen schon vor langer Zeit verloren ging und wonach ihre Seelen dürsten. Etwas, das ihnen den Atem auf eine andere und ungestümere Weise verschlägt als es in der Eintönigkeit ihres betonierten Alltags geschieht, im benzingeschwängerten Smog unter einer verschleierten Großstadtsonne.

Nachdenklich betrachte ich die irdischen Reste von Bruno, dem Braunbären, die der Restaurator so lebensecht wie möglich zu erhalten und gestalten gesucht hat. Aber der befeuernde Hauch des Lebens ist eben durch nichts zu ersetzen. Mit einer eigenen, von drei Seiten zugänglichen Vitrine haben sie ihn geehrt. In freier Natur hatte mir Bruno allerdings besser gefallen, damals bei unserer Begegnung am Igelsee über Ehrwald.

»Die du nicht gemeldet hast.«

»Hätt' ich's tun sollen? Ich hatte keine Lust auf Medienrummel. Außerdem: Glaubst du, du wurdest nicht genug verfolgt?«

»Auf einen mehr wär's nicht angekommen.«

»O doch. Es hätte sehr wohl etwas geändert. An unserer Beziehung nämlich, und das weißt du.«

III

Viele Menschen kommen ins Museum *Mensch und Natur* im Nymphenburger Schloß, um Bruno ihre letzte Ehrerbietung zu erweisen. Nicht alle kommen sie aus München, auch von weit her reisen sie an, um ihm, mit dem sie über Wochen hinweg gebangt und gelitten haben, wenigstens einmal in die Augen sehen zu können, die nun kein Feuer des Lebens mehr ausstrahlen, auch wenn sie diesen Eindruck erwecken sollen. Aber Brunos gläserne Augen sind weit in die Ferne gerichtet, scheinen die Enge der Vitrine durchdringen zu wollen, in der er nun eingesperrt ist. Man könnte aber auch denken, er blicke in sein geheimnisvolles Inneres, oder er sei ganz versunken in den zu erwartenden Genuß von Honig, den er im Begriff ist, sich gleich einzuverleiben. Je nachdem, in welcher Gemütslage man sich selbst gerade befindet. Denn die Welt erscheint uns immer so, wie wir sie uns erschaffen, und oft sehen wir nicht, was wirklich ist, weil wir sehen, was wir sehen wollen. Auch wenn nun zum Greifen nah, so schien Bruno doch seltsam weit entrückt hinter den kühlnüchternen Glaswänden, die er in meinen Augen zu sprengen schien, um sich erneut die Freiheit zu erobern.

Der hätte sich nicht einsperren lassen, der nicht. Er wär' an gebrochenem Herzen gestorben. Also war's schließlich doch besser so? Wer weiß?

»Ist da noch jemand außer dir, der mehr wahrnimmt, als seine Augen sehen, Pedro? Denn daß da mehr von mir übrig

ist, als die meisten von euch denken, ist doch so klar wie das Glas, durch das ihr gerade blickt.«

»Nicht jedem ist das klar, auch wenn er es sich gerne wünscht in seiner Angst vor dem Tod.«

»Angst vor dem Tod hat nur euer kleines Ego. Da, wo ich herkomme und hingegangen bin, gibt es keine Angst vor dem Tod. Nur reines Dasein in strahlender Klarheit und Bewegungsfreude. Macht euch also keine Gedanken über mein derzeitiges Befinden und ertrinkt nicht in euren eigenen Gefühlsduseleien. – He, Mann, bist du, wofür ich dich halte, dann glaube ich meinen ehemals treuen Begleiter auf all meinen Wegen zu erkennen. Du weißt aber, daß du nicht hättest kommen müssen, um mir nahe zu sein, Don Pedro.«

»Weiß ich. Bin auch weniger da, um deine sterbliche Hülle zu bewundern, wollte vielmehr sehen, wie deine Anhänger mit dem Erlebnis umgehen, das zu betrachten, was ihnen eine Ahnung von dem vermitteln soll, was dein eigentliches Wesen ist, und was du ehemals gewesen bist.«

»Mein Wesen ist allgegenwärtig und spricht zu allen Menschen, – immer! – aber nur wenige können mich hören. Noch weniger können sie verstehen, was ich zu sagen habe, denn ich spreche nicht zu ihren Ohren, sondern zu ihren Herzen. Viele von ihnen haben es verlernt, die Lauschorgane ihrer Herzen zu öffnen.«

»Aber eine Woge des Mitfühlens ging über die Menschen und öffnete ihre Herzen, als du Einzug hieltest in ihrem Denken und Fühlen.«

»Das war eine meiner Aufgaben. Deshalb bin ich gekommen: ihnen die Tür zu ihrem Inneren Gott aufzustoßen, sie zu ihren wahren Gefühlen zu bringen, zu etwas sehr Kostbarem, das sie verloren haben. Nur eine unklare Erinnerung an etwas Ursprüngliches, Wildes, und Freies war da noch vorhanden. Aber sie schlief. Es gehörte mit zu meinem Auftrag sie zu wecken.«

»Nicht bei allen ist sie eingeschlafen. Woher glaubst du kommt sie, diese Lust an Abenteuerreisen und am Überlebenstraining in der Wildnis? – Aber du sprichst von einem Auftrag?«

»Ja, es war mir aufgetragen der zu sein, der ich bin, so wie das einem jedem von euch auch aufgetragen ist. Wie du weißt, gibt es ein Gleichgewicht der Kräfte innerhalb der Schöpfungsordnung. Verschiebt es sich zu sehr nach einer Seite, trägt der obwaltende Geist Sorge, daß die Waagschale sich nicht zu sehr nach dieser Seite neigt. In meinem Fall sorgte die Seele unserer allgütigen Bärenmutter hier im Jenseits dafür, zu der ich nun heimgekehrt bin. Und als sie ehemals die Rollen verteilte und uns fragte, was wir zu sein gedächten, weil es einen von uns geben müsse, der als ein Märtyrer sterben würde, da muß ich wohl zu laut ›Hier!‹ geschrieen haben.«

»Was genau hat sie euch gefragt?«

»Wer von euch will ein kurzes wildes Leben in Freiheit führen? – Anfangs hatten da einige ihre Tatzen erhoben. Dann aber stutzten sie: wild, ja! – in Freiheit, ja! – aber kurz? Warum kurz?

Weil die Aufgabe, die ich ihm zugedacht habe, es nicht als nötig erscheinen läßt, daß er – oder sie – länger als unbedingt notwendig auf der anderen Seite des Lebens zu erscheinen hat.

Da haben sich dann die erhobenen Tatzen wieder gesenkt, denn sie wollten doch lieber etwas länger auf der irdischen Seite verweilen und die Vorzüge eines gemütlichen Lebens in irgendeinem Naturpark genießen.

›Und was habe ich zu tun?‹, habe ich die große Seele gefragt und sie hat geantwortet:

›Aus einem Grund, der sich deinem Verständnis entzieht, wirst du unschuldig schuldig werden, denn das, was dir aufgetragen ist zu tun, entspringt nicht deiner ursprünglichen Natur. Es wird dir von Menschen eingeimpft und übertragen. Was sie deinen Eltern und dir angetan in deiner Kindheit, das wird rückwirkend aus dir hervorbrechen.‹«

»Bei uns Menschen heißt das: Alles geschieht nach dem Gesetz von Ursache und Wirkung. Keine Wirkung ohne Ursache und sei sie dem forschenden Verstand auch noch so verborgen.«

»Der Geist der Großen Bärenmutter sagte: ›Deshalb wirst du den Menschen ein Spiegel sein. Ein Spiegel für das, was sie bei sich selbst nicht sehen wollen, was sie in ihrer Sucht nach Kontrolle ständig unterdrücken. Du wirst ihnen einige Lehrstunden erteilen, und sie ihre eigene erbärmliche Kleinheit erkennen lassen, im Angesicht des Größeren, das du bist. Du wirst ein schwarzes Schaf unter den Bären sein, ein Sündenbär, der einen Teil der Vergehen der Menschen an der Schöpfungsordnung freiwillig auf sich nimmt und dadurch läutert.‹ – Ich hab' damals nicht wirklich verstanden, was sie damit meinte. Jetzt schon.«

»Was du da sagst, erinnert mich an einen Brauch im alten Griechenland«, antwortete ich Bruno. »Dagab es tatsächlich einen Sündenbock, dem wurden zu bestimmten Zeiten in einem festgelegten Ritual die Sünden der Bewohner einer Dorfgemeinschaft aufgeladen. Dann wurde er hinaus in die Felder und Wälder gejagt, um diese Missetaten zu vertragen. Das war ganz wörtlich zu verstehen, und darum heißt's auch heute noch, ich hab' etwas vertragen oder nicht. Später haben wir dann den Teufel draus gemacht. In den können wir alles hineinstecken, was wir bei uns selbst nicht erkennen wollen. Hörner haben sie ja beide auf, der Bock und der Teufel.«

»Ja, so ähnlich muß es wohl gedacht gewesen sein, als der allumfassende Geist der großen Bärenmutter mich fragte, denn aus einem Grund, den ich dir nicht nennen kann, fühlte ich mich immer noch angesprochen: ›Wenn du also trotzdem bereit bist, diese Herausforderung anzunehmen‹, ließ er mich wissen, ›dann werden sich bestimmte Tiere als Opfergaben bereit halten, die du reißen darfst. Das ist bereits so abgesprochen und Teil des großen Plans. Diese Tiere dienen sich auf der Schöpfungsleiter dadurch eine Stufe höher. Du mußt wissen: Es bestehen geheime Vereinbarungen zwischen zwei Wesenheiten.‹«

»Von einer höheren Sicht aus wird es so sein, vermute ich mal. Nur wir Menschen treffen da eine Unterscheidung zwischen Täter und Opfer. Aber wahrscheinlich verstehen wir dieses Prinzip des Ausgleichs nicht – oder nicht wirklich. Dieses ›Was du säst, das wirst du ernten‹ – es ist wohl ganz streng genommen als ein physikalisches Gesetz der Resonanz zu verstehen.«

»Davon versteh ich nun wirklich nichts.«

»Verzeih', ich war in meine eigenen Betrachtungen versunken. – Unschuldig schuldig werden. Auf diesem scheinbaren Widerspruch beruht das Wesen der griechischen Tragödie: Gerade durch den Versuch des Helden, ein prophezeites Unglück zu vermeiden, erfüllt es sich. Nach einem geheimen Gesetz ist er angetreten, es genau so und nicht anders zu erleiden.

Da fällt mir noch was ein zum Thema Täter – Opfer:

Vor Jahren wohnten wir bei einem alten Zimmermann zur Miete. Er war schon lange Rentner. Das hielt ihn aber nicht davon ab, jeden Tag in seinem Haus und Garten zu arbeiten. Er hatte auch einige Stallhasen, die er mich bat zu füttern, als er für ein paar Tage mit seiner Frau verreiste. Ein paar Wochen zuvor hatten diese Hasen Junge geworfen. Die waren noch nicht allzu groß, als mir einer von ihnen bei der alltäglichen Fütterung entwischte. Weder mir noch meiner Lebensgefährtin Mona war es in den folgenden Tagen gelungen, das kleine Tier wieder einzufangen und in die Enge seines begrenzten Lebensraums zurückzubringen. Hin und wieder tauchte der Hase in der Umgebung des Gartens auf, war aber gleich darauf wieder verschwunden, bis eines Tages ganz in der Nähe sein abgebissener Kopf entdeckt wurde, den ein Marder verschmäht hatte zu verspeisen. Warum war es uns wohl nicht gelungen, das Tier einzufangen, Bruno?«

»Der Hase hat ein kurzes Leben in unbegrenzter Freiheit der Enge seines Käfigs vorgezogen. Geschlachtet wäre er sowieso worden.«

»Das haben wir uns auch gedacht.«

»Kein großer Unterschied zu mir, Don Pedro. Auch er war ein Opfer. Das ist nicht gut, aber auch nicht schlecht. Willst du den Marder böse nennen, weil er sich den Hasen einverleibt hat, Pedro?«

»Wer weiß, vielleicht wollte der Hase in Erfahrung bringen, wie ein Marder fühlt und kommt danach als Marder wieder. Wir wissen sehr wenig über die wahren Zusammenhänge in Gottes großer Schöpfung.«

»Ich bin der ungehemmte Strom der Energie, der nicht darüber nachdenkt, ob ihm etwas zum Schaden gereicht. Ich bin die Freude, die aus ungehinderter Bewegung geboren wird. Ich bin die spontane Begeisterung für den Augenblick des reinen Daseins ...«

»Ekstase also – du warst oft außerhalb von dir und deiner selbst!«

»Du verstehst, was ich fühle ...«

»Kein Gut, kein Böse, – keine Moral. Nicht unmoralisch hast du gehandelt, nur amoralisch, nichts weiß der Kosmos von Moral!«

»Da, wo ich herkomme, gibt es nicht, wovon du redest. Und doch ist alles so in Ordnung und entspricht dem großen Plan. He, mein Freund – willst du nicht versuchen in Worte zu fassen, was mir zu sagen versagt war? – Du scheinst mich nicht nur zu hören. Du hast mich von Anfang an verstanden, hast wohl auch Antennen in das weite Land der Seelen, sonst hättest du mich nicht gesehen, in deinen Träumen. Sag, willst du mir helfen fortzuführen, was mir nur teilweise gelungen ist?«

»O, dir ist sehr viel gelungen. Viel mehr, als du glaubst. Aber ich will gerne da weiter machen, wo du aufgehört hast, als du zur großen Bärenmutter heimgekehrt bist.«

IV

»Hey, Seelenwanderer, weißt du noch, als ich dir zum ersten Mal erschienen bin in deinen Träumen?«

»Das war vor langer Zeit und nachdem meine Mutter mir aus einem Bärenbuch für Kinder vorgelesen hatte. Es handelte von drei kleinen Bären im Walde, und ich habe es geliebt.«

»Das mein' ich nicht. Ich meine, als ich selbst noch klein war und du mit mir spieltest in deinem Traum.«

»Ich erinnere mich. Aber zu dieser Zeit wußte ich noch nicht, daß ich mich einmal aufgerufen fühlen würde, über dich zu schreiben.«

»Bewußt war mir das auch nicht. Aber es geschah wohl, um uns ein erstes Gefühl davon zu übermitteln, daß wir uns ähnlich sind, sodaß wir einander erkennen, wenn wir uns begegnen würden.«

»So seh ich's auch. – Und dann bist du mir in deiner jetzigen Gestalt erschienen und hast mich berührt im Traum. Hoch aufgerichtet bist du dagestanden und hast mir ins Gesicht geblickt, und aus deinen Augen strömte klares Licht, das traf mich mitten in der Seele. Es war so strahlend hell, als käme es aus Sternensphären.«

»Das mußte so sein, damit du dich erinnerst.«

»An was sollte ich mich erinnern?«

»An unser beider wahre Natur. Auch in deinem Innersten brennt dieses reine Licht.«

»Danach hab' ich zum ersten Mal in der Zeitung über dich gelesen. Das war im Mai 2006. Daß du aus dem Adamello-Naturpark in der Brenta stammst, in Südtirol, wo zehn slowenische Bären in den Jahren zwischen 1999 und 2002 wieder angesiedelt worden waren. Daß deine Mutter Jurka genannt wurde und dein Vater Jose, weshalb man dir die Bezeichnung JJ 1 gab. Die war der Einfachheit halber aus den Anfangsbuchstaben deiner Eltern gebildet worden. Einen Bruder sollst du auch gehabt haben, mit der Bezeichnung JJ 2. – Spricht es nicht für die Lieb-

losigkeit der Menschen, euch solch ein Etikett aufzukleben. Eine Nummer, wie bei einem Sträfling. Aber so hieß es ja auch in der Zeitung: ›Braunbär hat langes Vorstrafenregister.‹

Was soll man aber auch anderes erwarten, da wir uns ja selbst zu Nummern gemacht haben von der Angestellten-Versicherungsnummer über ein paar Dutzend andere Versicherungs-Nummern bis hin zur Kundennummer in einem Warenhaus. Der Mensch: eine Nummer. Ein Musikstück: eine Nummer. Ein Liebesakt: eine Nummer – meist sogar noch eine schnelle Nummer.

Es heißt, ihr seid roh und unge-bär-dig gewesen, du und dein Bruder, und man hätte euch ›vergrämen‹ müssen, durch einen Beschuß mit Gummikugeln. Wer aber ist hier in Wahrheit verroht? Wer ist brutal – *›roh, gewalttätig, grausam, tierisch, unvernünftig, gefühllos, stumpfsinnig, schwerfällig und langsam von Begriff‹*, wie diese lateinischen Worte brutus und brutalis in den etymologischen Wörterbüchern ausgedeutet werden?

Das geht von den Raubrittern über Kreuzritter und deren Glaubenskriege zu den Piraten der sieben Meere bis hin zu den modernen Gangstern aller Art und Herkunft, von der Brutalität der modernen Kriege mal ganz abgesehen. Ich habe das Wort Kriegskunst vermieden, weil Krieg hat nun wirklich nichts mit Kunst zu tun, so wie das Wesen der Kunst nicht allein darin besteht, daß man etwas besonders gut kann. Man hat dir vorgeworfen, du hättest geraubt und Schafe umgebracht. Wer aber beraubt die Erde all ihrer Schätze ohne zu verehren, was sie hervorbringt? Und wer beraubt ständig seinen Nächsten und bringt seinesgleichen um?«

»Nun frag' ich dich, Pedro: Soll jemand an den Ort zurückkehren, an dem er mit Kugeln empfangen und beschossen wird? Was würdest du tun? Du würdest ebenso wie ich das Weite suchen. Jetzt wundern sie sich, daß wir unberechenbar geworden sind.«

»Was genau haben sie gemacht mit euch, daß ihr nicht dahin zurückkehrt, wo ihr etwas angestellt habt?«

»Wir wurden überall vergrämt, ob wir in der Nähe einer Ortschaft waren oder auch auf einer Alm. Nicht einmal mitten im Wald ließen sie uns in Ruhe. Anfangs haben sie noch aus Entfernungen geschossen, wo es nicht allzu weh tat. Aber jetzt, in jüngster Zeit, da haben sie mich ganz aus der Nähe grün und blau geschossen mit ihren Gummikugeln.«

»Es gibt jede Menge Menschen, die machen's nicht mal anders unter ihresgleichen. Es gibt Eltern, die schlagen ihre Kinder grün und blau. Warum? Da ist die Hartherzigkeit so groß wie ihre eigene Hilflosigkeit. Was glaubst du wird aus solchen Kindern, wenn sie größer werden, wenn sie erwachsen werden, wie es bei uns heißt? – Wohin wachsen die?«

»Erwachen sie, wenn sie erwachsen werden?«

»Es wird viel Zeit und Kraft darauf verwendet, damit sie es nicht tun.«

»Es erzeugt Wut, wenn du auf diese Weise angeschossen wirst, weißt du, und irgendwo muß sie wieder raus, die Wut. An Menschen wollte ich sie nicht auslassen, obwohl gerade die sie letztlich verursacht haben. In einer Art und Weise, die sie nicht verstehen können.

Aber ihr Menschen seid meine Brüder, in einem Sinn, den ihr auch nicht wirklich mehr versteht. Das rührt aus einer Zeit von vor Tausenden von Jahren, als wir noch zusammen in Höhlen wohnten und uns gegenseitig schützten.«

»Das stimmt. Seit Urzeiten, in der von uns so genannten Steinzeit, da lebten wir weitgehend friedlich miteinander. Euch Bären zu erlegen war nur erlaubt zu ganz bestimmten Zeiten und nur im Einverständnis mit der großen Bärenmutter. Die erschien uns dann in unseren Träumen, gab uns ein Zeichen, wenn ein Bär nachhause gehen durfte.«

»Ja, dann wußten wir das und wir gaben uns euch freiwillig hin. Es bestehen geheime Übereinkünfte zwischen uns Bären und euren Medizinmännern. Damit meine ich die richtigen, die ihr Schamanen nennt, die die Natur und alles Leben noch als eine Einheit sehen und begreifen können. Die meisten von euch haben das alles längst vergessen. Sie wollten mich ›vergrämen‹, mit Worten, Schreien und durch Beschuß mit Gummikugeln. Aber ich hatte keine Lust in Gram zu versinken.

Woher glaubst du, rührt diese Bärenliebe bei euch Menschen?«

V

Mütter erzählen ihren Kindern Bärengeschichten. Es gibt da ein berühmtes Märchen. Es heißt *Schneeweißchen und Rosenrot*. Ein Bär klopft jeden Winter am Haus der Mädchen an, die da mit ihrer Mutter wohnen. Sie schütteln ihm den Schnee aus dem Fell und lassen ihn an ihrem Ofen schlafen.«

»Fürchtet euch nicht, ich tue euch nichts zuleide. Laßt mich am Leben, ihr Kinder; Schneeweißchen, Rosenrot, schlägst dir den Freier tot.«

»Du kennst die Worte?«

»Es ist ein Gleichnis.«

»Ja, er ist auf der Suche nach sich selbst, der Bär, nach seinem wahren Kern. Also muß er immer wieder den dunklen Wald in seinem Inneren betreten, in dem ein böser, giftiger Zwerg haust. Der zehrt von seiner Kraft. Er hütet einen Schatz aus Gold und Edelsteinen, dieser Unhold. Nur wenn der Bär den Zwerg in seinem eigenen Inneren bezwungen hat, der ihn von seinen Seelen-Schätzen trennt, kann er zum Prinz erwachen, der Schneeweißchen freit. Er befreit damit die weiblich-sanfte Seite in sich selbst.«

»Und wofür steht der Zwerg, Don Pedro?«

»In dem sind alle niederen Begierden angehäuft: der Zorn, der Hochmut und die Gier, Neid, Geiz, Völlerei und Grausamkeit.«

»O je, von dem was du da aufzählst, ist bestimmt auch vieles noch in mir.«

»Das mag schon sein, doch wie du sagst: ›bestimmt‹. – Es war dir nicht ›bestimmt‹ in diesem Leben, daß du das alles schon erlöst, denn dein Auftrag lautete ganz anders. Und nicht schlechter bist du deshalb, weil du dich ihm beugtest. – Das andere mag später kommen. Nicht alles kann auf einmal sein.«

VI

»Viele Kinderbücher gibt es, die von Bären handeln, – und Teddybären geben Kindern Schutz, Geborgenheit und Sicherheit, wenn sie allein in ihrem Bettchen liegen.

Da ist eine Firma, die kondensierte Milch herstellt. Die hat einen Bär auf ihre Dosen gedruckt und sich mit einem Bärennamen geschmückt. Ja, es gibt sogar kleine Bärchen aus Fruchtsaft in verschiedenen Farben, die werden nicht nur von Kindern gern gegessen.

Auf Wappen sind sie abgebildet, deine Brüder, Bruno, und manch ein Ritter trug dich auf seinem Schild.«

»Das kommt aus dieser alten Zeit. – Und Hunderte von Gasthäusern gibt's, die einen Bären auf ihren Schilden tragen. Ich bin an vielen vorbei gekommen, auf meinem Weg herauf von Südtirol: dem Gasthof zum Bär, zum Schwarzen Bär, zum Grauen Bär, zum Goldenen Bär.«

»Zum Goldenen Bär?«

»Ja, es gab auch goldene Bären. Vor einigen hundert Jahren, in Amerika. Dem Geist der Großen Bärenmutter ist das alles eingraviert. Er hat es mir erzählt. Sie lebten in den Wäldern nördlich von Kalifornien, und in der Tat: Sie hatten ein golden schimmerndes Fell. Von den Indianern wurden sie geachtet. Sie glaubten sich verwandt mit ihnen und die Goldbären führten sie in die verborgenen Geheimnisse des Lebens ein.

Später kamen dann die weißen Siedler und noch etwas später, als der Goldrausch das Land überzog und die ersten Hinterlader erfunden waren, bekam ein Trapper etwas, was sie Geld nannten, für einen erlegten Bären. Da war dann die-

ser wunderschöne Stamm meiner Urahnen schnell ausgerottet. Kann es sein, daß ihr Menschen schlimmere Räuber seid als wir, die man uns Raubtiere nennt?«

»O ja, dem kann ich leider nichts entgegen halten. Es ist wegen des Geldes, und darüber werden wir noch zu reden haben – später.

Zur Zeit des Goldrausches haben die Goldgräber euch Bären sogar an Pfähle gekettet und euch mit Bullen kämpfen lassen. Entweder besiegte der Bär den Bullen, indem er ihn mit einem Prankenschlag nach unten zwang oder er wurde von dem Bullen in die Luft geworfen. Ein grausames Spiel, wie es nur kranken Gehirnen entspringen kann. Später hat man dann Bronzeskulpturen von Bullen und Bären vor den großen Börsen aufgestellt, an denen mit Wertpapieren gehandelt wird. Das soll Symbol sein, für steigende oder fallende Entwicklungen der Aktien.«

»Davon versteh ich nichts. Doch eine Frage: Kann Papier so wertvoll sein?«

»Darüber werden wir uns später unterhalten. Aber weil wir gerade von Versicherungen sprachen. Hast du dich jemals deiner Sicherheit versichert, Bruno? – Nein, hast du nicht.«

»Wessen sollte ich mich auch versichern? Leben ist immer unsicher. Es wird sicher, wenn du auf deine innere Führung vertraust. Dann bekommst du Hilfen. So wie ich sie bekam, solange ich sie brauchte. Aber ihr hört zu wenig auf diese Stimme, und wenn ihr sie hört, vertraut ihr ihr nicht. Euer Hirngeschwätz kommt euch dazwischen. Ihr glaubt, der Kopf

weiß es besser. Aber es gibt Situationen, da weiß er es nicht besser. Da weiß eure Bärennatur es besser. Bärenkräfte bekommt, wer seiner Bärennatur vertraut, dem Bauchgefühl. Kennst du das, das Bauchgefühl, Don Pedro?«

»Ja, das kenn ich gut. Zu bestimmten Zeiten öffnen sich Türen in deinem Leben. Dann mußt du gut spüren, was du willst. Es ist dieser heiße Strom des Lebens, der dich erfüllt, wenn du einen Wunsch hegst und seine Verwirklichung ist zum Greifen nahe. Sie wird dir förmlich aufgedrängt. Alles fühlt sich gut an. Ein guter Geist hält dir eine süße Frucht vor die Nase. Nun brauchst du Mut, um danach zu greifen. Wenn du dann nicht an dich glaubst, kein Risiko eingehst, wirst du nichts gewinnen. Die Tür schließt sich wieder und die Gelegenheit ist für immer vorbei.

Eine Frau aus meinem Bekanntenkreis, – ihr Gatte hatte sich ihr entfremdet und sie führte keine gute Ehe mehr – diese Frau hatte einen anderen Mann kennengelernt und sich in ihn verliebt. Zur gleichen Zeit wurde ihr eine bessere Stelle angeboten und auch noch eine andere Wohnung, die ihr gefiel. Also sprach sie mit ihrem Mann über Scheidung, rückte Mobiliar von den Wänden, das zu ihr gehörte und bestellte einen Möbelwagen. In der Nacht vor dem geplanten Auszug bekam sie einen Traum: Der Tod ging durch die Wohnung und ein eisiger Hauch erfüllte die Räume. Voll Schrecken erwachte sie und noch am gleichen Tag rückte sie ihre Möbel wieder an die Wände und bestellte den Umzugswagen ab. Eine Woche danach war die neue Stelle weg, zwei Wochen später die Wohnung und nach drei Wochen verabschiedete sich ihr Liebhaber.

Es dauerte danach fünf Jahre, bis die Frau sich entschloß, ihre Ehe aufzulösen. Diesmal ging sie allein und ohne eine neue Anstellung zu haben und sie wohnte zur Untermiete. Leider hat sie mich damals nicht um Rat gefragt, sonst hätte ich ihr sagen können, daß der Tod nur in ihre alten Räume eingedrungen ist, um ihr zu verdeutlichen, daß diese Phase ihres Lebens beendet ist.

Als die Liebe in mein eigenes Leben kam, bin ich ihrer Stimme gefolgt. Damit hab' ich vieles gut gemacht, was ich vorher verbockt hatte. Denn auch ich habe oft genug gegen meine innere Stimme gehandelt und es später bitter bereut.«

»Mach dich frei von Selbstvorwürfen. Das führt zu nichts, außer daß dich der Gewissenswurm zwickt. Scheid' ihn aus, den Wurm und mach's besser, das nächste Mal. Reue hat nur Sinn, wenn sie zu einem Sinneswandel führt. Es gibt immer wieder neue Chancen, wenn du sie nur zu dir rufst.«

»Du meinst, man kann nach Chancen rufen?«

»Bittet und euch wird gegeben!«, – heißt's nicht so bei euch. Auch ich bekam, wonach ich verlangte.«

»Ein kurzes, wildes Leben in totaler Freiheit?«

»Genau das.«

»Du meinst, wir haben Einfluß auf das, was wir erleben.«

»Aber natürlich. Das mußt doch gerade du wissen.«

»Dann wäre ich ein Magier.«

»Sind wir nicht alle Magier. Nur wissen es die meisten von euch nicht. Sie haben vergessen, daß sie mit ihren geistigen Kräften in Erscheinung rufen, an was sie glauben. Und sie glauben an vieles, was ihnen zum Schaden gereicht.«

»Und was ist Glaube, aus deiner Sicht, Bruno?«

»Aus meiner Sicht ist das ein innerer Antrieb, eine mit der Kraft des Gefühls aufgeladene Vision, das instinktive Wissen, daß etwas so richtig ist, wie du es fühlst.«

»Eine Vision also.«

»Wenn du so willst.«

»Dann haben deine Visionen dir ermöglicht, so lange zu überleben und all deinen Jägern ein Schnippchen zu schlagen.«

»Das ist richtig. Aber ich hatte auch Helfer – wie dich zum Beispiel oder den Adler über dem Wettersteingebirge. Der hat sich mir freiwillig angeboten, um mit seinen scharfen Augen auszumachen, von wo vielleicht Gefahr droht und mich mit seinen Schreien zu warnen. – Aber als ich ihm sagte, daß ich gut auf mich selbst aufpassen kann, hat er sich dann auch wieder verabschiedet.«

»Ich hab' immer gedacht, der Adler wär' dein Feind.«

»Als ich noch klein war, hätt' er mir vielleicht gefährlich werden können. Es gab schon Adler, die sich einen Babybären gegriffen und in die Lüfte entführt haben. Aber jetzt – wir respektieren einander.

Außerdem: Meine Witterung ist ausgezeichnet und ich war immer gut verbunden mit der großen Bärenmutter in je-

ner Dimension, die ihr den Himmel nennt. Sie hat mir stets die inneren Bilder geschickt, um mich zu führen, solange mein Auftrag nicht erfüllt war. Ihr habt mich hier gesucht, und ich war dort. Ihr habt mich dort gesucht, und ich war fort.«

»Viele von uns Menschen haben die inneren Bilder der Seele verbannt aus ihrem Dasein. Wir haben uns Scheinbildern verschrieben. Wir nennen sie Fernsehen. Wir machen uns empfänglich für Bilder, welche uns die Vorstellungen anderer Menschen aufzwängen. Dann tragen wir diese Bilder und den Ballast fremder Konflikte in unseren Schlaf. Danach hat unsere Seele damit zu tun, diesen Wust zu ordnen, anstatt ihre Weisungen von Gott zu empfangen und ihnen zu folgen.«

»So etwas belastet mich nicht. Ich seh auch in die Ferne und dabei sehe ich voraus, was auf mich zukommt. Ihr habt eure

Freiheit verloren. Weil ihr alles kontrollieren wollt. Auch über mich wolltet ihr die Kontrolle behalten. Aber das geht nicht, denn ich bin der Fluß des Lebens selbst. Natur läßt sich nicht kontrollieren. Natur kontrolliert selbst. Ihr wollt alles gerade haben. Eckig und gerade. Aber Natur hat keine Ecken und sie läßt sich nicht begradigen. Ihr habt Flüsse begradigt. Sie sind über die Ufer getreten. Ihr habt Dämme gebaut. Sie haben die Dämme hinweg geschwemmt. Ihr habt die Ehrfurcht vor der Schöpfungsordnung verloren, deshalb weist euch diese Ordnung zurecht. Irgendwann werdet ihr begreifen, daß man einem Fluß sein selbst gesuchtes Bett lassen muß.

Sogar euch selbst versucht ihr zu begradigen. Aber das Gegenteil passiert. Ihr verkrüppelt dabei. Ihr habt euch solange an der Ausübung eurer natürlichen Instinkte gehindert, bis diese verkümmert sind. Oder haben eure Bauch-rein!-Brust-raus!-Parolen je zu etwas anderem geführt als zu Brutalität und Zerstörung?«

»Du hast recht. Menschen sind eigenartige Lebewesen. Sie machen etwas und stellen fest, daß es so nicht geht. Dann wiederholen sie es auf die gleiche Weise, um festzustellen, daß es so immer noch nicht geht.«

»Ihr habt stets zwei Möglichkeiten, um zu lernen. Entweder freiwillig ...«

»Oder?«

»... oder durch Leid.«

»Meistens wählen wir die zweite Variante.«

»Stimmt. Es scheint ein großes Bedürfnis nach Leid in eurer Welt zu sein.«

»Nach Leid und Angst. Nach Angst, die Leid erzeugt. Überall wird Angst geschürt. Vor allem im Fernsehen.«

»Ihr schaut in die Ferne und erschafft euch furchterzeugende Bilder. Diese Magie ist sehr mächtig. Sie nimmt euch an die Leine, legt euch Fesseln an. Wo eure Phantasie nicht ausreicht, blendet ihr die Wirklichkeit ein. Die ist noch furchteinflößender.«

»Da kann ich dir nicht widersprechen. Leider. Vor vielen Jahren hab' ich selbst beim Fernsehen gearbeitet. Zusammen mit anderen haben wir versucht anzuregen, darüber zu berichten, wo überall auf dieser Erde harmonische Entwicklungen stattfinden. Niemand wollte solche Positiv-Nachrichten senden. Die Agenturen scheinen nur darauf aus zu sein, Katastrophen zu sammeln. Man hätte eigene Reporter dafür ausbilden und hinausschicken müssen, sagte man uns damals.«

»Sie hatten sogar vor mir Angst, Pedro, dabei hätte ich mehr Angst vor ihnen haben müssen, als sie mir nachstellten. Wir Bären greifen Menschen kaum je an, denn wir sind selbst halbe Menschen, es sei denn, wir fühlten uns bedroht. Ich hätte allen Grund gehabt, euch anzugreifen. Aber nicht jene, die mir begegnet sind auf meinen Streifzügen.

So sitzt ihr also in euren selbst gebauten Käfigen aus Angst und hättet doch nichts zu verlieren außer euren Ketten. Es ist eure Angst, die euch uns Ketten anlegen läßt, und es ist eure Profitgier, die euch dazu treibt, uns als Tanzbären abzurichten, damit wir die Leute unterhalten, im Zirkus und auf Jahrmärkten. Dabei habt ihr vergessen, was ihr euch selbst antut, wenn ihr uns unserer Natur beraubt, damit wir nach eurer Pfeife tanzen.«

»Aber nicht immer und überall läßt sich Freiheit in einen Käfig sperren. Ich habe gehört, man hatte einmal ein Wolfspärchen gefangen, da oben irgendwo in Kanada, und war dabei, es zu einem Zoo zu transportieren. Als man den Käfig aus dem Wagen hob, waren beide Wölfe tot. Nicht die Spur einer Verletzung hatte man an ihnen entdecken können.«

»Sie wußten, sie würden nicht mehr ihre ureigene Natur leben und in Freiheit jagen können. So zogen sie vor, ihre Körper zu verlassen. Wir sind dazu fähig, wenn wir es wollen. Wir wissen, daß wir nicht tot sind, wenn wir den Vorgang durchlaufen, den ihr Sterben nennt. Ihr seid euch da meist nicht so sicher. Du bist anders, Pedro. Deshalb kam ich auch zu dir in deinen Träumen.«

VII

Am 3. Juni 2006 sollte sich mein Dasein auf dieser Erde zum siebzigsten Male jähren. Mona und ich hatten beschlossen, diesen Tag nicht zuhause zu verbringen, sondern ein paar Tage zu verreisen, um ganz für uns zu sein. Wir fuhren über die österreichische Grenze nach Ehrwald und mieteten uns im Spielmann ein. Ein schönes Haus, das einen wunderbaren Aus- und Überblick gewährt auf die gesamte, ringsum von Bergen eingesäumte und meist sonnenfrohe Hochebene. Schon in meiner Jugend wäre ich gern einmal dort verblieben, wenn wir nach unseren Ausflügen in das kleine Skiparadies müde vom Pistenrausch ins Tal herunterkamen. Damals hatte mir das Geld für solche Extravaganzen gefehlt. Nun konnten wir uns dieses späte Vergnügen erlauben.

Aber der Wettergott hatte es nicht gut gemeint an diesem Samstag und auch anderntags – es war der Pfingstsonntag – war es, gemessen an der Jahreszeit, ungewöhnlich kalt. Auf den Bergen hatte es sogar geschneit. Da das Wetter aber draußen nie so schlecht ist, wie es von drinnen aussieht, beschlossen wir, trotz der ungemütlichen Witterung einen Ausflug zu machen und fuhren zum Fernpaß hinauf. Ein paar hundert Meter vor dem Sattel stellten wir das Auto an einer Kehre ab und begaben uns hinunter zum Blindsee. Der wirkte trotz des bedeckten Himmels an diesem Tag gar nicht so blind. Aus seinen stillen Buchten leuchtete es wie gewohnt in smaragdgrünen Farben herauf, die sich nur trübten, wenn ein Windstoß das Wasser kräuselte. Mona packte ein schilfgrünes Modellkleid aus, welches das Herz des ehemaligen Modephotographen höher schlagen ließ. Es bestand aus mehreren Teilen inklusive langen Handschuhen und einem Überwurf aus samtweichem Plüsch mit einer gnomenhaften Zipfelmütze, die bis zum Po hinunter reichte, und ihr das Aussehen einer Waldfee aus einem Märchen verlieh, die in diesem Zauberwald moosbedeckter Findlingsblöcke und flechtenbehangener Fichten zuhause war. Nachdem sowohl Modell wie Photograph sich hinreichend ausgetobt hatten, und Mona das Kleid wieder gegen Jeans und Stiefel ausgetauscht hatte, umrundeten wir den ganzen See, wobei es allmählich zu nieseln begann. Leicht durchgefroren waren wir schließlich froh, wieder in unserem Domizil angekommen zu sein, wonach wir uns wohlig im heißen Whirlpool ausstreckten.

Dabei mußte ich wieder an dich denken, Bruno, der du, wie berichtet wurde, dich nun so nah hier irgendwo herumtriebst. Wie mochte es dir wohl ergehen, bei diesem jenseits aller Vorstellungen unfreundlichen Juniwetter. Aber geschützt durch deinen dicken Zottelpelz und im Besitz von mehr als hundert Kilo Lebendgewicht, würde dir das wohl kaum viel ausmachen. Und da tauchte natürlich der Wunsch auf, dir zu begegnen, irgendwo da draußen.

Wie die Gazetten berichteten, warst du hier erst vor kurzem in der Gegend angekommen. Auf einer Weide bei Ettal hattest du drei Schafe gerissen, vier weitere bei Farchant, ganz nah bei Garmisch Partenkirchen. Dann waren Hühner dran, bei Grainau. Also malten wir uns aus, du könntest vielleicht einfach weiter durch das Tal gelaufen sein hinauf nach Ehrwald. Wie sich später herausstellte, hattest du aber wohl die andere Richtung gewählt und warst nach Klais und Mittenwald marschiert.

Wir indessen hatten uns vorgenommen, anderntags zum Seebensee hinauf zu wandern, obwohl dort jede Menge Schnee lag. Es war Pfingstmontag der 5. Juni 2006. Wir benutzten die Gondelbahn bis zur Ehrwalder Alm und machten uns von dort aus auf den Weg, ausgerüstet mit Bergschuhen, Rucksäcken, Skistöcken und dick eingehüllt in unsere Pullover und Anoraks. Die Forststraße, der sogenannte Knappensteig, war zwar im unteren Teil weitgehend schneefrei, aber da es uns zu langweilig wurde, auf ihm bis zur Hütte zu gehen, benutzten wir einen fast unbetretenen Höhenpfad, der parallel dazu verlief. Schon bald bewegten wir uns durch eine unbetretene Wald- und Schneelandschaft von malerischer Romantik, in der Gnome und Wichtelmänner zu hausen schienen – wenn sie nicht gerade wieder in Schlaf versunken waren durch diesen unerwarteten Schneefall so kurz vor der Sommersonnenwende. Schließlich erreichten wir die Hütte und bewältigten von dort aus die letzten hundert Höhenmeter, bis der See vor uns lag.

»Wenn er jetzt dort auftauchen würde, wär' das schön, vor dieser ungeheuren Kulisse«, murmelte Mona vor sich hin. Trotz des verhangenen Himmels war der Anblick des eisgrauen Sees mit der Sonnenspitze zur Rechten und dem Wamperten Schrofen der Mieminger Kette im Hintergrund gewaltig.

»Vielleicht ist er ja noch eine Stufe höher hinauf, am Drachensee, um seine Ruhe zu haben vor den Menschen?«

»Das macht er nicht. Erstens, was soll er da oben, wo nur Schnee liegt und es nichts zu fressen gibt? Zweitens würden wir dann seine Trittsiegel schon hier am Seebensee sehen. Nein, dazu ist er zu schlau.«

Also genossen wir die Atmosphäre ohne Bruno, obwohl ich immerzu das Gefühl hatte, daß er ganz in der Nähe sein müsse, denn am Tag zuvor hatte er oberhalb des Lautersees bei Klais drei Bergschafe und ein Ziegenkitz gerissen. Was, wenn er nun über Leutasch durchs Gaistal in Richtung Ehrwald abmarschiert wäre? Für ihn kein Problem. Die rund 30 Kilometer macht er mit Links an einem Tag.

Wir schossen ein paar Bilder von Mona im Schnee vor dem See. Dann rutschten wir den Hang zur Hütte hinunter, ließen uns eine warme Suppe schmecken und traten den Rückweg an. Diesmal benutzten wir der Einfachheit halber den Knappensteig. Vor der letzten Linkskehre, die hinab führt zur Bergstation der Ehrwalder Alm, ließ ich meinen Blick noch kurz nach rechts schweifen. Dort liegt, am westlichen Beginn des Gaistals ein kleiner See im idyllischen Wiesengrund, der Igelsee, von dem aus die Leutasch-Ache ihren Weg nach Osten sucht. Und dort – war's ein Traum oder nicht? – watete Bruno sorglos im Wasser umher, verließ es dann, schnüffelte friedlich hier und da am Gras, trollte sich scheinbar und kam unerwartet noch einmal zurück zum See.

»Laß uns ein wenig näher gehen«, flüsterte ich Mona zu, »und uns irgendwo hinsetzen, damit wir ihm besser zusehen können.«

Bruno schien es überhaupt nicht eilig zu haben. Am südlich gelegenen Rand des Waldes gingen wir in die

Hocke und sahen zu ihm hinüber, der er auf der anderen Seite des kleinen Sees herumstromerte.

»Seid ihr nun endlich da? Hab' schon auf euch gewartet.«

Und zu mir gewandt:

»Du kannst jetzt Bilder von mir schießen, wenn du willst.«

»Ich weiß nicht ob du das verstehst, aber ich photographiere dich lieber mit den Augen meines Herzens.«

»Bescheißt du dich dabei nicht selber? Du könntest eine Menge Geld mit meinen Photos machen, mehr als wenn du deine Mona ablichtest.«

»Bist du der Teufel, der mich in Versuchung führt?«

»Steckt nicht in jedem von uns beides, Engel und Teufel? Je mehr du deinen Teufel achtest, um desto weniger du schmachtest. Ist's nicht so?«

»Laß mich dir eine Geschichte erzählen. Es ist eine wahre Geschichte. Ich habe einen Freund in Italien. Er besitzt eine Mühle auf der kleinen Vulkaninsel Stromboli, die er zu einem Feriendomizil ausgebaut hat. Als ich vor über dreißig Jahren bei ihm eingeladen war, kam es zu einem Todesfall auf dem Gipfel des Vulkans, der zu dieser Zeit in fast regelmäßigen Abständen von rund elf Minuten kleine Eruptionen glühender Lava ausspuckte. Da es keine Regel ohne Ausnahme gibt, versprühte der Schlund sein Feuerwerk plötzlich vor dieser Zeitspanne. Und als der Mann sich zu nahe an den Kraterrand begeben hatte, wurde er von einem der glühenden Brocken am Kopf getroffen, woraufhin er wohl sofort in noch höhere Regionen entschwebte.

Die Nachricht verbreitete sich in Windeseile, und ich wurde von einem mir ebenfalls befreundeten Redakteur aus Rom angerufen, mit der Bitte, Photos des Toten anzufertigen, sowie die gesamte Bergung des Leichnams photographisch zu begleiten. Ich ließ ihn wissen, daß ich Modephotograph und kein Sensationsreporter sei und keinerlei Interesse daran hätte, Geld aus dem Leid anderer Menschen zu schlagen. Irgendwo auf der Welt gäbe es bestimmt eine Frau, die nun weinen würde, und der ich gerne ersparen möchte, ihrerseits von den Bildern ihres erschlagenen Ehemannes in den Zeitungen und Zeitschriften erschlagen zu werden. Sie solle ihren Gatten vielmehr so in Erinnerung behalten, wie sie ihn gekannt hatte. Für einen Redakteur, der gewohnt ist, von derlei Ereignissen und einer damit verbundenen ›Story‹ zu leben, natürlich eine unverständliche Entscheidung.«

»*Wuff!*«, schnaubte Bruno, aber es klang recht friedlich. Er sah herüber. Natürlich hatte er uns längst ausgemacht.

»Ich will dir noch eine Geschichte erzählen. Auch die ist wahr, und sie hat mich gelehrt, daß man gut daran tut, sich die schönsten Momente im Leben still in die Seele einzuprägen. Und dabei sollte es keine Ablenkung geben durch Überlegungen bezüglich Belichtungs- und Verschlußzeiten einer Kamera.

Es war vor nunmehr vierzig Jahren. Auf einer sandgebundenen kleinen Straße in den sogenannten Calanques östlich von Marseille versuchten wir das Meer zu erreichen. In abenteuerlichen Windungen führte der Weg, der eigentlich nur für Anlieger und die Feuerwehr gedacht war, über einen Bergrücken und auf der anderen Seite hinunter in einen fjordähnlichen Einschnitt an dessen Ende sich ein kleines Fischernest mit Namen Morgiou befindet. Als wir dort ankamen war es kurz vor Einbruch der Abenddämmerung. Es hatte geregnet und hinter dem nahen Bergkamm im Westen stand ein kohlschwarzer Himmel. Nachdem wir eine primitive Unterkunft gefunden und unser Gepäck aus dem Wagen geholt hatten, beschlossen wir, im letzten Dämmerlicht noch eine Wanderung zu machen. Wir wählten einen Trampelpfad entlang des östlich gelegenen Fjordufers. Von dessen vorderster Spitze aus – so stellten wir uns vor – würden wir vielleicht Einblick in die nächste Bucht erhalten. Die aufkommende Frage, ob dabei eine Kamera mitgenommen werden sollte, tat ich mit der Antwort ab: »Sieh dir mal den Himmel an! Außerdem, – in einer Stunde ist es dunkel!«

Also gingen wir ohne los. Kurz bevor wir die Spitze der Landzunge erreicht hatten, und ungehindert an der gegenüberliegenden Bergkante vorbeisehen konnten, begann die Schwärze im Westen an ihrem unteren Ende über dem Meer aufzubrechen. Dann blitzten erste Strahlen einer kurz vor ihrem Untergang befindlichen Sonne durch diesen Spalt. Als wir unseren Blick nun nach Osten den nächsten Buchten zuwandten, setzte ein Schauspiel ein, das es so ähnlich vielleicht alle hundert Jahre einmal geben mag:

Die von Wind und Wetter glatt geschliffenen Türme der Calanques-Küste begannen sich mit einem unwirklichen Schimmer zu überziehen, als hätten sie sich einen irisierenden Umhang aus reiner Seide übergeworfen, allen voran ein hoher weißer Zuckerhut, kurz hinter der übernächsten Bucht. Gleich einem abgerundeten Riesenzahn aus Elfenbein stand er da vor uns und färbte sich langsam über zartes Ocker und Orange hin zu immer dunkler glühendem Dukaten-Gold, das fließend seinen Weg zum tintenblauen Meer hinunter suchte. Dann wehten Regenschleier hernieder vor dem tiefen Indigo des Himmels und über dem gleißenden Monument leuchtete in immer intensiveren Farben ein Regenbogen auf. Danach ein zweiter über dem ersten und beide tauchten sie jenseits dieses Felsens in die violetten Wogen. Ein geradezu magisches Licht lag über den leichten Wellen, die in allen Regenbogenfarben in die vor uns liegende Bucht hineinschunkelten.

Ein paar Augenblicke lang raufte ich mir die Haare und machte Sprünge wie ein Rumpelstilzchen. Dann versank ich nur noch mit dem Herzen in diesen Anblick, bis wir uns schließlich die Kleider herunter rissen und unsere Körper und Seelen in dieser Bucht aus Perlmuttglanz verjüngten.

Das wollte ich dir erzählen, damit du verstehst, daß es Augenblicke gibt im Leben, in denen es unwichtig erscheint zu versuchen, ein lebendiges Geschehen von solch gewaltigen Ausmaßen in einen kleinen Kasten einzusperren, es gewissermaßen einzufrieren auf einer winzigen Fläche Zelluloid. Festhalten können wir nicht wirklich etwas, es sei denn in unserem Bewußtsein. Und jetzt, hier, ist ebenfalls solch ein Moment bewußten Seins. Also laß ihn uns genießen, um ihm auf diese Weise Ewigkeit zu geben.«

»Brrr-uff, – das hast du schön gesagt. So soll es sein.«

»Ich werde deinen Weg weiter begleiten, wie bereits viele Tausende von Menschen, die dich schon in ihr Herz geschlossen haben, Bruno. Der Auftrag von dem du sprachst, er beginnt sich zu erfüllen.«

»Willst du die Begegnung mit mir nicht melden? Das müßtest du doch tun?«

»Null Bock auf den Rummel, der dadurch entsteht, und außerdem: Meinst du wirklich, du wirst noch nicht genug gejagt?«

»Es macht mir nichts aus. Ich führ' sie schon noch eine Weile an der Nase herum und binde ihnen einen Bären auf; – heißt es nicht so bei euch, wenn man den anderen verarscht?«

Ich mußte lachen, während Mona zischelte: »Nicht so laut. Du vertreibst ihn womöglich.«

»Ach wo, eigentlich liebt er Menschen, auch wenn die alles tun, um ihm das auszutreiben. Er wird sowieso gleich gehen, weil er nicht lange bleiben darf an einem Ort.« Und zu Bruno: »Sie wollen jetzt eine Falle aufstellen, um dich zu fangen. Sie glauben, daß du auf einen Brocken Fleisch abfährst, den sie da hineinlegen.«

»Kinderkram. Ich kann genug Frischfleisch bekommen, wenn ich will. Das ist lächerlich!«

»Außerdem wollen sie finnische Jäger mit Bärenhunden aus Karelien auf dich ansetzen. Du bist nämlich zu einem sogenannten Problembären geworden, und es ist ihnen einiges wert, dich los zu werden. Nur ein einziger Buchstabe entscheidet dabei zwischen abschieben und abschießen. Auf jeden Fall wollen sie dich jagen und stellen, sodaß dich die Jäger vor die Flinte bekommen, sei's nun mit Betäubungspfeilen oder scharfer Munition.«

»Problembär? Was ist das? Ich bin nur ein Bär. Das Problem haben sie selbst. Sollen sie kommen. Sie werden sich zu Tode hetzen in einem ihnen unbekannten Gelände. Die armen Hunde tun mir jetzt schon leid. Die Zungen werden ihnen zum Boden hängen, denn es wird wieder wärmer werden. Ich kann das spüren. Und in der Wärme hält sich meine Ausdünstung nicht lange. Sie werden schnell die Spur verlieren. Nein, nein, du mußt dir keine Sorgen um mich machen. Solange meine Stunde nicht geschlagen hat, bin ich absolut unverletzbar. Und wenn ich wieder gehen soll, nachdem ich getan habe, was mir aufgetragen ward zu tun, wird mich das der Geist der Großen Bärenmutter wissen lassen. Dann werd' ich mich meinen Jägern stellen. Sie sind dann lediglich Vollzugsorgane eines höheren Willens, und ich spreche sie heute schon frei von Schuld. Denn eine solche gibt es nicht, da wo ich herkomme. – Demnächst werde ich euch Menschen sogar einen direkten Besuch abstatten. Du wirst schon sehen. Ich werde in eure Dörfer trotten. Mitten hinein. Die Menschen sollen erleben, daß ich ihnen nichts Böses will. Ich erinnere mich dabei an unsere uralte Verbundenheit untereinander.«

»Gestern hast du ja wieder ganz schön zugeschlagen. Müssen's denn immer gleich so viele Schafe sein?«

»Es geht nicht anders. Sonst werd' ich meinem Auftrag nicht gerecht und der heißt: Zeig ihnen, was sie selber tun: Eure Mütter töten ihre Kinder. Schüler erschießen ihre Lehrer, Ehe-

männer ihre Frauen auf offener Straße. Überall Amoklauf, Vergewaltigung und Ausbeutung der Körper und der Seelen. Darauf weise ich sie hin, durch das, was ich tue, und es geschieht mit höchstem Einverständnis, denn ich bin nur ein Gleichnis, ein Bote von der anderen Seite des Seins, Vollzugsorgan eines höheren Willens. – Ihr müßt euch erheben wie der Adler, der die Welt von oben sieht, sonst seid ihr blind gegenüber der Wahrheit, der Schattenseite eures Seins. Der Adler könnte euch daran erinnern, euch in Kontakt bringen mit eu ren Lebenslügen, so wie ich es auch versuche!«

»Menschen fliegen in Flugzeugen. Sie überqueren Kontinente. Sie haben sich sogar schon in den Weltraum hinaufgeschwungen«.

»Aber ihr Denken hat sich nicht gleichermaßen mit erhoben. Sie sehen die Dinge nicht von außen. Sie urteilen und teilen so den Urzustand des Seins alles Lebendigen ..., und daß die Erde ein Lebewesen ist, das haben sie auch noch nicht begriffen, ein atmendes, lebendes Wesen mit Blut und Herz und Lungen, ein Wesen, das im Rhythmus seines Atems die Wasser der Gezeiten bewegt. Ihr saugt der Erde ihr Blut aus und verpufft es in die Luft, ihr macht sie blutleer!«

»Ein Weltraumfahrer, der die Erde von außen sah und Zeit hatte, sich in ihren Anblick zu versenken, sagte einmal sinngemäß, es schiene ihm, als läge sie im Fieber und wie in einem Kreissaal, so als hebe sie gerade an, sich selbst neu zu gebären.«

»Ich hab' sie so noch nicht gesehen, doch sag' ich dir, ihr werdet sterben oder Sklaven sein, doch ich, ich werde nie ein Sklave sein, kein Tanzbär und kein Tierparkbär, denn ich

bin die Kraft und die Herrlichkeit in Freiheit und in Ewigkeit.«

»Es gab Menschen, die das predigten. Menschen, die das zu verwirklichen suchten, wovon du sprichst. Große Präsidenten ...«

»... *die ihr alle umgebracht habt!*«

»Es gibt sie noch immer, die wahren Revolutionäre, die der Liebe dienen ...«

»*Ihr werdet sie heilig sprechen – nach ihrer Ermordung. Zur Beruhigung eures schlechten Gewissens. Auch mich werdet ihr umbringen, aber nur aus meinem derzeitigen Körper könnt ihr mich vertreiben, mehr nicht, denn Leben selbst ist unzerstörbar.*

Nicht, was du liebst, ist wichtig, Pedro, sondern, was zu lieben du verweigerst. Nicht, was du glaubst, ist wichtig, sondern, was zu glauben du dir verweigerst. Denk' darüber nach.

Jetzt hau ich ab! Zu lang an einem Ort zu sein, tut mir nicht gut. Sei mir gegrüßt, Don Pedro.«

Tatsächlich nickte Bruno noch einmal herüber zu uns und machte sich dann wieder auf den Weg – zunächst wie es schien, erneut nach Osten. Wir winkten ihm zu:

»Der Segen der großen Bärenmutter sei mit dir und komm wieder zu mir in meinen Träumen.«

Dann setzten wir unseren Abstieg über die Ehrwalder Alm fort. Anderntags erfuhren wir aus der Zeitung, daß auch noch eine andere Touristin Bruno auf einem Wanderweg bei Ehrwald begegnet war.

VIII

»He, Bruno, du warst wieder schnell zu Fuß, wie ich soeben in der Zeitung lese. Zwei Hasen in Leutasch mußten dran glauben. Haben sie wenigstens geschmeckt? Dann hast du ein Liebespaar aufgescheucht auf der Solsteinhütte über Zirl. Man hat deine Trittsiegel gefunden im Schnee.«

»Die beiden haben mich nicht interessiert.«

»Ich weiß, aber dein schwarzer Schatten vor dem Fenster hat dich verraten, als du dich am Nebengebäude zu schaffen gemacht hast. Gab's denn da irgendwelche Leckereien?«

»Das konnt' ich nicht mehr feststellen. Der Wirt hat mich verfolgt. Also bin ich ein paar Schafen hinterher gelaufen.«

»Die hast du in alle Richtungen versprengt. Es herrscht Verwunderung darüber, daß die nicht geblökt haben. In unheimlicher Stille soll das alles abgelaufen sein.«

»Sie schreien kaum je, wenn ich komme. Du weißt ja – die geheime Absprache. Ich bin dann runter ins Tal bei Scharnitz, nach dieser Pleite dort oben.«

»Ich weiß, ein paar Jäger wollen dich dort am gleichen Abend noch bei Gießenbach gesehen haben. Immerhin fünf Stunden Wanderweg von dieser Skihütte entfernt.«

»Da kannst du einiges wegstreichen. Das mach' ich locker in der halben Zeit.«

»Du, mit deinen angeblich hundertachtzig Kilogramm? So steht's jedenfalls in der Zeitung. Ich schätz dich allerdings auf nicht viel mehr als hundert, nachdem ich dich gesehen hab'.«

»Glaub' auch kaum, daß ich bereits so schwergewichtig bin. Menschen dichten mir da gern noch etwas mehr an. Das läßt mich unheimlicher erscheinen in ihren Augen. Doch ist das alles schieres Muskelfleisch. Nur wenig Fett.«

»Aber brauchst du nicht eine gehörige Menge Fett, wenn du in diesen kalten Regionen bestehen willst und eisige Flüsse und Seen durchschwimmen mußt?«

»Schon, – aber ich hab' auch noch meinen Zottelpelz. Der hält gut warm. Und das dichte Unterfell. Unterschätz' das nicht. Im übrigen: Wir können ja mal um die Wette laufen, heut' nacht in deinem nächsten Traum. Mal sehen, wer schneller rennen kann.«

»Nun ja, ich bin keine Zwanzig mehr. Und nach meinem Unfall vor zehn Jahren ... Aber auf Skiern fahr ich dir immer noch davon!«

»Das wär' in der Tat lustig. Du auf Skiern vorneweg und ich in weiten Sprüngen und mit Purzelbäumen hinterher! Könnte Spaß machen. Vielleicht ein andermal auf einem anderen Planeten, wo wir beide ungestörter leben können.«

»Weißt du schon, daß es inzwischen eine Bärenwette gibt? Die Spieler müssen raten, wo du gefangen wirst. Wer richtig liegt, erhält am Ende Geld. Es ist bereits ein Riesenrummel, der um dich entsteht.«

»Das ist ganz im Sinne meiner Sendung. Aber Geld, was ist das?«

»Puh, – das ist eine gute Frage. Geld, – ja Geld – also laß es mich so versuchen:

Stell dir vor, du hast ein Schaf gerissen, und ein anderer Bär hat ein paar Honigwaben von wilden Bienen in einem alten Baum entdeckt. Was ist dir dann lieber, dein Schaf oder der Honig des anderen Bären?«

»Die Honigwaben natürlich.«

»Könntest du dir vorstellen, daß dieser Bär dir seinen Honig geben würde, wenn er dafür dein Schaf erhält?«

»Kaum. Wir Bären lieben Honig über alles. Aber nicht nur wegen des Honigs. Da sind nämlich auch die Bienenlarven drin versteckt und das sind hochkarätige Eiweißspender.«

»So so!«

»Ja ja!«

»Aber schon Honig in Verbindung mit den Waben enthält mehr Lebensenergie, als wenn du den Honig ohne Waben ißt. Angeblich sollen es 90.000 Bovis-Einheiten sein.«

»Was ist das, Bovis – klingt irgendwie nach einem Rind?«

»In diesem Fall wohl eher nicht. Ich glaub', es ist so eine Art Maßeinheit für Lebensenergie. Bienen sind Sonnentiere. Sie speichern Lichtkräfte in ihrem Honig. Also, – wenn du nun trotzdem diese Waben haben möchtest, ohne mit deinem Bruderbär in Streit zu geraten?«

»Dann müßte ich ihm etwas geben können, was für ihn wertvoller ist als die Waben und das kann ich mir kaum denken.«

»Genau genommen müßtest du sogar den Bienen etwas zum Ausgleich geben, denn du nimmst ihnen weg, was sie gesammelt haben.«

»Stimmt, so hab' ich's auch noch nicht gesehen. Ich werd' darüber nachdenken.«

»Siehst du, und dafür haben die Menschen das Geld erfunden. Das sind Münzen aus Metall oder Scheine aus Papier, für die du dir fast alles kaufen kannst, was dein Herz begehrt. Du bekommst sie für eine bestimmte Leistung, die du für deine Mitbrüder erbracht hast. Geld ist also mit Arbeit verbunden. Es ist eine Art eingefrorener Energie, aus der du wieder Energie gewinnen kannst. Du setzt die Energie frei, taust sie vorübergehend auf, wenn du das Geld weiter gibst und etwas dafür erhältst, was wichtig ist für dich. Auf die Scheine hat man Zahlen aufgedruckt. Und je höher die Zahl, umso mehr Kaufkraft haben sie, aber umso mehr hast du auch dafür arbeiten müssen ...«

»Du meinst, wie heißt es bei euch? – im Schweiße deines Angesichts sollst du dein Brot verdienen? Das muß ich nicht. Ich hab' alles was ich brauch'. – Gibt es denn auch Menschen, die wenig arbeiten und dafür viel von eurem Geld bekommen, vielleicht zuviel im Vergleich zu all den anderen?«

»Ja, solche gibt es, aber unterbrich mich jetzt nicht. Es ist schwierig genug, dir das zu erklären. Also, je höher die Zahl auf dem Schein, um so mehr Energie steckt auch in ihm.«

»Energie in einem Stück Papier? – Ich kann's kaum glauben. Wer bedruckt dieses Papier mit Zahlen?«

»Das sind die Regierungen der Staaten, die zentralen Banken. Übrigens: Ich kauf mir auch gern diese Honigwaben.«

»Gut, gell?!«

»Nun horch aber zu!«

»Ihr könnt aber Geld nicht essen, oder?«

»Nein, aber wie gesagt, wir können dafür Essen kaufen.«

»Was aber, wenn es eines Tages kein Essen mehr gibt? Was, wenn ihr die Erde restlos ausgebeutet habt?«

»Das war tatsächlich schon mal so in Zeiten großer Kriege ...«

»... die ihr selbst angezettelt habt. – Was geschieht dann mit eurem Geld?«

»Du stellst sehr unangenehme Fragen, Bruno. Ja, dann sind die Zahlen nicht mehr soviel wert auf diesen Scheinen. Wir sagen dazu, ihre Kaufkraft sinkt, weil kein Gegenwert mehr dazu da ist.«

»Und dann?«

»Ja, dann druckt die Regierung mehr Scheine und solche mit höheren und immer höheren Zahlen darauf. Und dann bekommst du vielleicht für einen Schein mit einer sehr hohen Zahl gerade mal noch einen Laib Brot. Das hat es schon gegeben.«

»Und dann?«

»Ja, dann nennt man das eine Inflation. Es ist eine Art Aufblähung, wie eine große Seifenblase ...«

»... die dann irgendwann platzt.«

»Hmm, ja – dann fängt alles wieder bei Null an, oder man inszeniert einen neuen Krieg.«

»Das klingt wenig vertrauenserweckend, was du mir da erzählst über euer Geld. Irgend etwas stimmt damit ganz und gar nicht und das gefällt mir nicht. Nein, es gefällt mir überhaupt nicht.«

»O, ich könnte dir noch viel mehr erzählen über Geld, über Zinsen und Schulden und ...«

»Das will ich lieber gar nicht wissen.«

»Aber über Steuern muß ich dir noch was erzählen. Also paß auf: Der große Vater Staat kassiert von aller Arbeit, die wir leisten einen Teil. Da sammeln sich dann riesige Mengen Geldes an. Die werden wieder eingesetzt zum Bau von Regierungsgebäuden und Schulen und Straßen und Autobahnen und Brücken und Eisenbahnen und Krankenhäusern und ...«

»Krankenhäuser? Gibt's denn so viele Kranke unter den Menschen?«

»Ja, und es werden immer mehr.«

»Puh, – und warum nennt ihr sie Krankenhäuser? Warum nicht Gesundheitshäuser? Werden sie da nicht noch viel krän-

ker, die Menschen, wenn sie hören, daß sie in ein Krankenhaus müssen?«

»Ja, warum eigentlich nicht? Du fragst mich Sachen!«

»Sag mal, – und könnte es denn sein, daß dabei auch riesige Mengen Geldes verschwendet werden für Vorhaben, die nicht gut genug durchdacht wurden, und die sich dann als sinnlos herausstellen?«

»O weh! – da legst du deine Tatze aber in eine tiefe Wunde, die nicht heilen will. Sie schwelt und stinkt da vor sich hin, weil sie unter dicken Verbänden des Nicht-Verstehen-Wollens keine Luft bekommt. Keiner sieht da allzu gerne hin, und es stehen schon so einige Brückenpfeiler sinnlos im Gelände, über die kein Gras und kein Wald mehr wachsen kann.«

»Könntest du dir vorstellen, daß darüber hinaus dein Staat auch Schafe reißt? – Im größeren Stil als ich, versteht sich.«

»Du gibst's mir aber richtig heute, Bruno.«

»Dann hat mein Tatzenschlag gesessen? Nimm's mir nicht übel. Das ist sehr wichtig für mich, damit ich langsam meine Sendung besser begreife, denn offensichtlich bin ich auch hierfür nur ein Gleichnis. Ein Gleichnis dafür, wie ihr mit dem, was euch gegeben wurde, umgeht. Wird denn nun auch Jagd gemacht auf die Problem-Menschen, wenn sie solche Sachen machen, die den anderen schaden, den Schad-Menschen, die sich bereichern auf Kosten ihrer Mitmenschen und ohne etwas dafür zu leisten? – Die Schafe reißen, die sie einfach liegen lassen? Erschießt man sie und sperrt man sie in Käfige deshalb?«

»Erschießen darf man sie nicht. Man versucht sie einzusperren, – manchmal. Doch die meisten entwischen.«

»Und die, die ihr entlarven könnt, lernen sie daraus?«

»Nicht wirklich.«

»Uns darf man erschießen.«

»Ja, leider. Dabei heißt's im Gesetzbuch, daß ihr Individuen und ›Mitgeschöpfe‹ seid, die ›durch besondere Gesetze geschützt‹ sind.«

»Warum machen Menschen Gesetze, wenn sie sich nicht an sie halten?«

»Ja, warum? Das frag' ich mich auch manchmal. Und warum gehen sie mit Tieren um, als wären es Sachen, die man einfach irgendwo abstellt oder in Käfige einpfercht, bevor man sie umbringt? Das von Menschen verursachte Leid der Tiere auf dieser Erde ist unsagbar. Deine Taten, Bruno, – so schlimm sie dem Einzelnen auch erscheinen mögen – sie sind nichts im Vergleich dazu, selbst wenn du mehr Tiere tötest, als du fressen kannst. Ich will dir hier nicht mehr erzählen.«

»Sieh, ich hab' alles, was ich brauch' im Überfluß. Du mußt im übrigen nicht glauben, daß ich nur von Fleisch und Fisch und Honig lebe. Nein. Da gibt es wunderbare Sachen zum Erschnüffeln, die im Wald und auf der Wiese wachsen. Kräuter und Beeren ...«

»Du meinst Blaubeeren und Preiselbeeren und Himbeeren und Brombeeren? ...«

»Ich weiß nicht, wie ihr sie nennt, aber fast alle Beeren schmecken mir gut.«

»Dann gibt's da auch noch Vogelbeeren und Hagebutten und Berberitzen, – also Beeren in verschiedenen Formen und unterschiedlichen Rottönen.«

»Ja, die roten, die hab' ich besonders gern. Und dann sind da auch fette Samen von Gräsern und Zapfen und Pilze und Eicheln und Nüsse und Rinden und heilkräftige Flechten und Käfer und Maden und Ameisen und vieles mehr, was mein Herz erfreut.«

»Du frißt Ameisen?«

»Hmm, eine – wie sagst du – Delikatesse! Ich kann hunderte in kurzer Zeit vertilgen.«

»Und die Säure, die sie verspritzen, tut sie dir nicht weh?«

»Die spür ich überhaupt nicht. Meine Zunge ist sehr robust, mußt du wissen. Außerdem hilft mir ihre Säure Schlacken auszuscheiden. Wenn ich Fleisch brauche, nehme ich oft nur, was im Frühjahr unter der schmelzenden Schneedecke hervorkommt: das Fallwild, die Winteropfer des Gams-, Rot- und Rehwilds. Das reicht mir bis zum Sommeranfang.

Und um all das zu finden, brauch' ich weder Straßen noch Brücken, noch Autobahnen ...«

»Du bist schon dabei beobachtet worden, wie du solche überquert hast. Die Autofahrer haben nicht schlecht gestaunt bei deinem unvermuteten Anblick, oder wenn du die Grenzen eines Staates überschritten hast.«

»Grenzen? – Was sind Grenzen? Die Erde ist grenzenlos. Nur ihr setzt euch Grenzen. Ich leb im – wie nennt ihr das?«

»Paradies?«

»Paradies. Für mich gibt es keine Grenzen. Nicht einmal für einen Maulwurf gibt es eine Grenze, wenn er von Nachbars Garten in deinen überwechselt. Ist er deshalb ein Problem-Maulwurf? Oder hast du selbst ein Problem? Was hindert dich daran, ihn freudig zu begrüßen und die wundervolle Erde, die er aufwirft, zu verwenden für deine Blumenbeete oder wenn du keine hast, für große Töpfe, in denen du die roten Früchte züchtest, die du so gerne ißt. – Wie nennst du sie?«

»Du meinst wahrscheinlich Tomaten. Bei uns in Bayern heißen sie auch Paradeiser – himmlische Früchte der Liebe, die dir das Herz öffnen. Weißt du, was dieses Wort bedeutet: Paradies? Es kommt aus dem Morgenland und heißt soviel wie ›Umfriedeter Garten‹. Auch Paradiese haben also eine Grenze, und wenn du sie überschreitest, bist du draußen.«

»Wo draußen, Pedro?«

»Im Niemandsland.«

»Wodurch geschieht das?«

»Es geschieht, wenn du dich selbst verlierst, wenn du nicht an dich glaubst, dir nicht mehr gut bist, in Dankbarkeit für das, was du bist und wie du bist. Wenn du haderst mit dir und deinem Inneren Gott.«

»Dann leb' ich noch im Paradies. Ich hab' mich gern und bin mir selbst genug.«

IX

Was ich Bruno verschwiegen habe, als wir über Geld sprachen: Die gerade sich erholenden Bärenpopulationen in Europa und vor allem in Kanada und Alaska sind erneut bedroht, weil ebenso rücksichtslose wie profitgierige Wilderer ihre Zahl dezimieren. Bärengalle und vor allem Bärentatzensuppe ist sehr beliebt. Für diese »Delikatesse« werden vorzugsweise in Ostasien mittlerweile 1500 Dollar von Menschen pervertierten Geistes ausgegeben. 3500 Dollar werden für die Galle eines Bären bezahlt.[2]

Ausgehend von einem Einzelgänger, ähnlich Bruno, der den Weg von Slowenien bis nach Wien herauf gefunden hatte, und der unter dem Namen Ötscher-Bär bekannt wurde, war vor Jahren eine Population von annähernd 30 Bären aufgebaut worden. Dem 15-jährigen Stammvater wurden seinerzeit zwei Bärendamen zugeführt, mit denen er seine Nachkommen zeugte. Aber all diese Bären sind auf sehr geheimnisvolle Weise verschwunden, ohne daß man je eine Spur von ihnen entdeckt hätte. Es wird vermutet, daß sie Wilderern mit ähnlichen Absichten zum Opfer gefallen sind.

2 John Ross berichtet darüber in der Safari-Produktion *Braunbären* (DVD)

X

»Hallo, mein Freund, wo treibst du dich herum? In Terfens, heißt es, östlich von Innsbruck, hast du einen Hasenstall beschädigt, und auch bei Imst sollst du gesehen worden sein. Doch wie kann das sein, beinah' zur gleichen Zeit? Hast du dich gar schon zum Phantombär hin entwickelt? Viele falsche Beobachtungen von Leuten, die sich wichtig machen wollen, kommen dir zugute bei dem Verwirrspiel um deinen Aufenthalt.

Inzwischen sind die Finnen angekommen. Mit Elchhunden allerdings anstatt mit Bärenhunden. Nun bist du ja kein Elch, aber das ist denen wohl egal. Schneidige Burschen sind's mit schönen Namen: Pini, Jimmy, Atte, Jeppe und Raiku. Sie sind dir auf den Fersen.«

»Hab' ich schon bemerkt, doch keine Bange. Ich werd' sie schon abzuschütteln wissen, im nördlichen Karwendel. Hier ist außer mir nur noch der Adler König. In diesem hochalpinen Gelände sind sie arg im Nachteil, vor allem die armen Hunde. Das sind sie nämlich nicht gewohnt. Da, wo sie herkommen, gibt es keine hohen Berge. Sie werden eine Hatz erleben, die sie nie begreifen werden.«

»Der Satz erinnert mich an einen Ausspruch von Rambo.«

»Wer ist Rambo?«

»Das ist ein junger Krieger, der aus einem unsinnigen Krieg nachhause kommt und von nun an nur eines im Sinn hat: Er will in Frieden leben. Doch ein wildgewordener Sheriff läßt ihm keine Ruhe und verfolgt ihn mit seinen Untergebenen, mit Hunden, Gewehren, und schwerem Gerät. Ja sogar Hubschrauber setzt er gegen ihn ein. Doch so unglaublich es klingen mag: Rambo entkommt ihnen immer wieder. Ja, er dreht den Spieß sogar um und lehrt all seine Verfolger das Fürchten, denn er ist auf Überleben trainiert und bleibt stets der Überlegene.«

»*Das klingt gut. Der Junge scheint mir ähnlich zu sein.*«

»Für die da unten bist du ein Rambo-Bär oder Bären-Rambo. Also zeig' es ihnen!«

»*Es wird verdammt eng werden für die, das versprech' ich dir. Ich lock' sie in die Eng.*«

»Du meinst den *Großen Ahornboden* in jenem Hochtal des Karwendel-Gebirges, das man die Eng nennt?«

»*Keine Ahnung, wie ihr das nennt. Könnte aber wohl so sein, denn hier seh' ich jede Menge alter Ahornbäume. Ziemlich knorrige Gebilde. Eine ebene Fläche, auf beiden Seiten eingerahmt von Felswänden. Die eine Seite fast ganz glatter Fels, sehr hoch; sogar für mich nicht gangbar.*«

»Da bist du also mittlerweile. Von Terfens über's Womper Loch gesprungen, Schlaumeier! Dann noch auf der Möslalm schnell ein paar Bienenwaben mitgenommen, um Kraft zu tanken für die Parforcetour über das Karwendel, dabei irgendwie an der 2508 Meter hohen Lamsenspitze vorbei. Weiß der Geier, – oder Adler – wie du das geschafft hast! Und jetzt schon auf dem Ahornboden! Du bist mir wirklich ein Rätsel, und das nicht nur mir.

Na, dann viel Spaß beim Auf und Ab, ihr finnischen Jäger. Sie waren so zuversichtlich anfangs. Aber das Karwendel ist eben kein finnisches Hügelland.«

»Ich bin einem Mann begegnet an der Alm. Ich glaube, er hat ein Photo von mir gemacht.«

»Dann wissen sie jetzt, wo sie dich suchen müssen, und sie werden dir von Norden aus entgegenkommen. Doch keine Bange, das kann dauern. Sie haben nämlich wieder mal Probleme mit Landesgrenzen und Revieren. Die Pächter aller Jagdreviere im Umkreis müssen einverstanden sein mit einer Jagd auf dich durch Fremde. Bürokratenkram. Die einheimischen Jäger sind sowieso ziemlich sauer, daß die von der Regierung herbestellten Spezialisten ihnen in die Quere kommen sollen.«

»Was ist das, Bürokratenkram?«

»Das haben Menschen erfunden, um einfache Dinge kompliziert, zeitraubend und anstrengend zu machen.«

»Puh, für mich ist das alles ganz egal. Ich leb im Einklang mit der Natur. Ich bin wie das Wasser in einem Fluß. Hindernisse gibt es nicht für mich. Ich umfließe sie. Aus diesem Geist geboren gibt es keine Fehler und kein Fehlverhalten. Ich bin ganz natürlich, Ich nehme mir Zeit. Zeit zum Genießen, das ist Bärennatur.«

»Ja, Bruno, das hast du den meisten von uns voraus. Dein Kopf ist klar und unverbaut. Deine Handlungen sind frisch, nicht überlegt. Da gibt es kein Wenn und Aber. Du lebst hier und jetzt, denkst nicht an Ziel und Zweck und

Lohn, verschwendest keine Zeit und Kraft für Klagen, genießt einfach glücklich deinen Weg.

Inzwischen wurde dem Betreten fremder Jagdreviere durch die Finnen zugestimmt. Sie suchen nun von Norden kommend das ganze Rißtal bis hinauf zum Ahornboden nach dir ab. Wohl besser, du kehrst um und nimmst vielleicht den Aufstieg Richtung Mondscheinspitze in Kauf. Was hältst du davon?«

»Es ist ziemlich heiß. Sie werden meine Fährte sowieso verlieren. Sie verdunstet in der Hitze rasch.«

»Dann geht jetzt wohl im wahrsten Sinne dieses Wortes ›der Bär ab‹ – was, Bruno?!

Die meisten Menschen hier im Land, sie leben bereits innerlich mit dir. Sie hangen und bangen mit dir. Am liebsten würden sie dich in einem Wildpark besuchen kommen. Und es gibt da einen bei Poing, mit Hügeln und meterhohen Fichten, Erlen und Ahornbäumen, die dir Schatten spenden. Noch andere Braunbären sollen dort einziehen dürfen. Sogar strohgefütterte Bärenhäusern soll es geben, für einen gemütlichen Winterschlaf. Das Gehege hat immerhin die Größe von vier Fußballfeldern. Allerdings – das will ich nicht verschweigen – ist da auch ein Maschendrahtzaun, der – das trau ich mich kaum, dir zu sagen – unter elektrischer Hochspannung steht. Also brauch ich wohl auch nicht zu fragen, ob das etwas für dich wär', Bruno?«

»Meinst Du nicht, daß die beiden Worte einander ausschließen: Wild und Park. Also entweder wild oder Park. Ich bin aber kein Parkbär und werd' auch nie einer sein. Außerdem:

Was sind vier Fußballfelder im Vergleich zur unermeßlichen Weite meiner geliebten Bergwelt. Das ist was für die Senioren unter uns, die dort einen ruhigen Lebensabend haben sollen, ausgediente Tanz- und Zirkusbären. Also vergiß es einfach!«

XI

»Hallo, Don Pedro, ich hab' sie wieder einmal abgehängt. Was hab' ich dir gesagt: Sie haben meine Spur verloren. Du mußt wissen: je wärmer der Boden, desto kälter die Spur. Ich konnte sie riechen. Und während sie durch's eine Tal nach oben stolperten, hab' ich einen Bogen geschlagen. Im nächsten Tal bin ich dann wieder runter bis ich an einem See ankam.«

»Du bist also tatsächlich an der Mondscheinspitze vorbei zum Sylvenstein-Speichersee hinunter?«

»Hab' keinen Dunst, wie ihr diese Berge und Seen nennt.«

»Da geht's aber wirklich steil und hoch hinauf. Mein lieber Schwan, – Verzeihung, Bär, – das muß sogar dir einiges abverlangt haben. Jedenfalls war's nicht nur Frühsport. Im Dörfchen Fall, am Sylvenstein, scheinst du dann angekommen zu sein. Bist jedenfalls dort gegen Abend gesehen worden.«

»Na ja, ich bin gut im Training und außerdem: Es ist wunderschön dort oben. War bis jetzt eine meiner schönsten Touren, fast gänzlich unberührt von Menschenhand.«

»Sag mal, wann schläfst du eigentlich. Du mußt doch auch mal ausruhen?«

»Das mach ich tagsüber. Irgendwo in einem Wald oder im Gebirge zwischen den Latschen.[3] Jedenfalls dort, wo es kühl

3 Für Menschen, die nie Gelegenheit hatten, die Alpen oder eine andere Bergwelt zu besuchen: Latschen sind eine Art flache Legföhren bzw. Bergkiefern.

und schattig ist. Außerdem bade ich manchmal, wenn es sich ergibt. Bin an einem wunderbaren Wasserfall vorbeigekommen. Das hat mich sehr erfrischt.

Aber laß dir erzählen, was mir passierte, als ich unten angekommen diesen See durchschwommen hatte. Inzwischen war's kuhnacht und so fühlte ich mich sicher. Als ich am anderen Ufer angelangt das Wasser aus dem Pelz mir schüttelte, dann gemächlich nach oben trottete und über die Mauer kletterte, um zur anderen Straßenseite zu gelangen, kommt doch einer dieser Wagen angefahren, du weißt schon, einer von denen, die solchen Krach machen und scheußlichen Gestank verbreiten, und zwar schneller als ich dachte, kam der daher. Hab' das tatsächlich falsch eingeschätzt. Ich knallte da an irgend etwas dran, was außen vor stand.«

»Das war ein Seitenspiegel. Hab's schon erfahren aus der Presse.«

»Nach der Seite hat er jedenfalls nicht gespiegelt.«

»Seitenspiegel heißt er nur, weil er seitlich angebracht ist. Nach deiner Seite hat sich der Fahrer wohl gerade nicht orientiert. Aber das ging ja auch alles viel zu schnell und zwar für beide von euch.«

»Auf alle Fälle: Es hat ordentlich geknallt und ganz schön weh getan. Das war sogar für mich ein Schlag. Bin danach noch mal umgekehrt. Tut mir leid für den Fahrer. Der muß einen ziemlichen Schrecken bekommen haben.«

»Das hat er allerdings.«

»Als die Luft dann rein war, – und das kannst du wörtlich nehmen bei dem Gestank auf diesen Straßen und meinem

empfindlichen Geruchsorgan – da hab' ich mir erst mal 'ne Heilpflanze gesucht, um die Folgen dieses Aufpralls abzumildern.«

»Du kennst Heilpflanzen?«

»Das ist uralte Überlieferung bei uns. Es gibt sogar welche, die nach Bären benannt sind, wie Bärlauch, Bärlapp und Bärentraube, die alle gut sind für meine innere Reinigung, denn sie halten Darm, Leber, Nieren und Blase sauber und gut in Gang. Dann gibt es da den Wiesenbärenklau, das Bärenbrot, den Bärendaumen, die Bärenfackel, Bärwurz, Bärengeist und Bärenklee, die Bärmutz und viele andere, die nach mir benannt sind.«

»Was du alles weißt! Erstaunlich!«

»Wie gesagt, unser Geruchssinn ist hoch ausgebildet. Wir können das Wesen und die Qualität der unterschiedlichen Pflanzen regelrecht erschnüffeln. Du glaubst mir nicht? Dann will ich dir eine Geschichte erzählen. Sie ist sehr alt und wird gerne erzählt in Bären- und in Menschenkreisen. Sie stammt ursprünglich aus Amerika und von jenen Indianern, die in den östlichen Wäldern lebten:

In solch einem Dorf der Indianer erschien eines Tages ein alter Mann. Er kam scheinbar aus dem Nirgendwo, tauchte einfach auf. Er bat um Unterkunft und um etwas zu essen, denn er war hungrig und krank. Aber er wurde von allen abgewiesen, weil sie sich vor ihm ekelten. Nur eine Frau, die am Rande des Dorfes in einem kleinen Wigwam lebte, nahm ihn auf, weil sie selbst arm war und Erbarmen mit ihm hatte. Sie teilte mit ihm das wenige, das sie hatte und wies ihm einen Platz zum Schlafen an. Nachdem der Mann aber anderntags noch kränker war als vordem, versuchte sie ihm mit den ihr bekannten Mitteln zu helfen, was aber zu keiner Besserung führte. Nachdem weitere Tage vergangen waren, erzählte er ihr eines Morgens, er hätte von einer Heilpflanze geträumt, die in den angrenzenden Wäldern zu finden sei. Er konnte die Pflanze genau beschreiben, und so ging die Frau hinaus in den Wald und fand sie tatsächlich. Sie bat den Großen Geist um Erlaubnis, sie pflücken zu dürfen – es wundert dich vielleicht, aber das war tatsächlich so.«

»Ja, ich weiß, heutzutage macht sich kaum noch jemand Gedanken darüber, ob und was er aus Gottes reichem Angebot nehmen darf, und was er besser sein lassen sollte.«

»Also, hör weiter zu: Nachdem die Frau ihr kleines Ritual vollendet und die Pflanze geerntet hatte, kam sie mit ihr nachhause und bereitete daraus eine Medizin für ihren Schützling, nach deren Einnahme es ihm auch sehr schnell besser ging. Nach weiteren Tagen schien er genesen. Doch als er sich verabschieden wollte, wurde er von einem plötzlichen Fieberanfall überrascht und lag erneut danieder. Wieder half keine der Frau bekannte Arznei und wieder träumte der Mann, der sich schon auf die jenseitige Schale des Lebens zu bewegte von einer besonderen Pflanze, die er auch diesmal genau beschreiben konnte. Die Frau ging hinaus und fand auch dieses Kraut, bereitete es nach seiner Anweisung zur Medizin, woraufhin er sich erneut erholte. Beim nächsten Versuch, sich zu verabschieden erlitt er einen Zitteranfall, gab alles wieder von sich, was er zuvor gegessen hatte und wieder träumte er von einem speziellen Kraut, das ihn genesen ließ. Aber immer wieder nahm seine Krankheit neue Formen an und stets aufs Neue mußte die Frau hinaus in die Wälder, um nach der An-

weisung des Großen Geistes, der dem Mann in seinen Träumen erschien, Pflanzen und Wurzeln und Blätter, Baumrinden, Flechten, Moose und Samen zu sammeln und zu Arzneien zu verarbeiten. Ein ganzes Jahr lang ging das so, bis der Alte dann endlich vollständig gesund war. Nun konnte er sich endgültig von seinem Lager erheben und gehen. Als er sich von der Frau verabschiedete, sah er sie mit einem merkwürdigen Ausdruck in seinem Gesicht an und ein feines Lächeln stand in seinen Augen, als er sagte: ›Der allmächtige Geist hat mich wissen lassen, daß es in diesem Dorf einen Menschen gibt, der sich für die Kunst des Heilens interessiert, und der dabei alleine nicht mehr weiter kommt. So wurde ich auserwählt, dich in die Kräuterheilkunde einzuweisen. Das habe ich getan. Nun darf ich gehen.‹

Dann schritt er hinaus in einen strahlenden Tag, während ihm die Frau verblüfft nachsah. Kurz bevor er im Wald verschwand, nahm er die Gestalt eines großen Bären an, denn der Bärengeist selbst hatte die Frau zur Kräuterheilerin berufen.«

»Das ist eine schöne Geschichte.«

»Und in ihr steckt eine tiefe Wahrheit. Denn zum Heiler wirst du nicht nur durch Wissen, sondern durch ein tiefes Erkennen dessen, was dem Wesen des Kranken ähnlich ist.«

»Gleichheitsmagie also. Wenn aber mein Arzt mich fragt, was mir fehlt, dann meint er ja aus seiner Sicht die Krankheit ...«

»Ja, aber das stimmt nicht ...«

»... denn die Krankheit hab' ich schon.«

»Genau. Er sollte diese Frage vielmehr an sich selber richten, denn es ist die Frage nach der heilenden Arznei. Die nämlich fehlt dir, – ansonsten höchstens noch, wonach deine Seele sich sehnt.«

»So hab' ich das noch nie gesehen, Bruno. Aber es leuchtet mir ein. Wir gehen den Worten viel zu wenig auf den Grund. Ich kann wohl eine Menge von dir lernen.

XII

»Wo hältst du dich denn auf zu dieser Zeit?«

»Pedro, ich bin inzwischen runter ins nächste Tal. Da war ein Fluß. Der kommt aus dem See, an dem mir das passiert ist mit dem Auto.«

»Dann bist du jetzt im Isartal und bewegst dich auf Lenggries und Bad Tölz zu. Aber du sagst war, – da war ein Fluß.«

»Den seh ich jetzt von weiter oben. Ich bin nämlich schon wieder einen Berg hinauf. Dort oben fühl ich mich immer sehr viel wohler. Je höher, desto lieber.«

»Aha, dann bist du vermutlich am Brauneck bei Lenggries.«

»Es ist schon wieder gegen Abend. Ich schau gerade über einen Gartenzaun an einer Hütte. Da ist eine Frau, die macht merkwürdige Geräusche. Sie bellt mich an wie ein Hund. So was Verrücktes. Ich bin doch kein Hund. Die Menschen begreifen das nicht. Sie erinnern sich nicht mehr an unsere uralte Verbundenheit.«

»Ihren Kindern kaufen sie Teddybären ...«

»... aber wenn sie einem von uns in Wirklichkeit begegnen, scheinen sie Angst zu haben. Ich wollte die Frau doch nur begrüßen. Nun gut. Ich begeb' mich jetzt also hinter die Hütte. Da steht ein Mann. Auch der schreit mich an. Na, dann troll ich mich halt wieder. Dabei würd' ich so gern bei ihnen bleiben und irgendwann in Frieden leben.«

»Das klingt ja fast, als bätest du darum, daß diese Menschen dir Asyl gewähren.«

»*Asyl, – was ist das?*«

»Das ist ein Zufluchtsort, ein Ort der Sicherheit, an dem dir nichts geschehen kann und darf, an dem du unverletzlich bist.«

»*Ja, das wär' schön. Wahrscheinlich bin ich deshalb aufgebrochen aus Italien, um endlich einen Ort zu finden, an dem die Menschen anders sind, mich aufnehmen, und mich einfach gern haben. Aber überall haben sie nur Angst vor mir.*«

»Gib acht, es wird nicht lange dauern. Dann sind die Finnen wieder hinter dir her mit ihren Hunden. Die beiden werden die Begegnung mit dir bestimmt gleich melden.«

»*Das schreckt mich nicht. Nun muß ich mir aber mal was zu futtern suchen. Ich riech' ein Schaf. Das brauch' ich jetzt. Die letzten Tage haben auch an meiner Kraft etwas gezehrt. Ich habe nachgefragt. Das Schaf ist einverstanden.*«

»Der Besitzer des Schafs wird wohl weniger einverstanden sein. Aus seiner Sicht sieht das nämlich ganz anders aus.«

»*Darauf kann ich jetzt keine Rücksicht nehmen. Im übrigen – du hast mir doch soviel über Geld erzählt ...*«

»Ja, er bekommt das Schaf ersetzt. Es gibt einen Fond. Aber du warst nicht gerade billig in letzter Zeit, Bruno. »

»*Gemessen an dem, was ich bis jetzt schon erreicht habe ...*«

»Das ist richtig. Du hast sie ganz schön wachgerüttelt, die Gefühle der Menschen, auch wenn ihre Angst vor dir noch größer ist als die alte Bärenliebe.«

XIII

»Ich war inzwischen zu Bett gegangen und eingeschlafen. Im Traum erlebe ich, wie Bruno von einem Hund verfolgt wird. Der stellt den Bären, aber Bruno verpaßt ihm eine blutige Schnauze.

Anderntags erfuhr ich, daß es Peni gewesen war, und daß die Bärenfänger sogar einen Tierarzt mit einem Narkosegewehr mitgenommen hatten. Sie mußten aber ihre Suche abbrechen. Als sie sie bei Tagesanbruch wieder aufnahmen, fanden sie Peni neben den Überresten eines frisch gerissenen Schafs. Bruno aber war wieder einmal, wie es so schön heißt, »über alle Berge«.

Und Bruno wandert. Das Wandern ist des Brunos Lust.

An diesem Tag hielt man die Bergbahn auf das Brauneck erst einmal bis 9 Uhr morgens zurück, um die Jagd auf Bruno nicht durch Touristen zu behindern, doch gab es weniger Besucherandrang als erwartet. In der Hauptsache waren es Journalisten, die dort ihre Laptops und Mikrophone auf den Bierbänken der Bayernhütte ausgebreitet hatten.

Der Hüttenwirt zeigt ihnen, wo Bruno ihm ins Angesicht geblickt hatte. Der Hüttenwirt posiert zum wiederholten Male für ein Photo. Er zeigt ihnen die Stelle, wo der Bär schließlich vom Weg abbog. Sein Schwiegersohn spielt Taxi für die Medienleute, holt sie von der Bergbahn ab und bringt sie dorthin zurück. Einer hatte versucht, von ganz unten im eigenen Auto zur Hütte hoch zu fahren. Schließlich gab er auf – mit rauchendem Motor.

Und Bruno wandert. Das Wandern ist seine größte Lust.

Nach immer neuen Methoden wurde nun gesucht, um den Bären aufzuspüren. Die Hunde wurden mit Peilsendern ausgestattet. Sogar der Einsatz einer Bundeswehr-Spezialeinheit und einer Wärmebildkamera wurde erwogen. Aber selbst wenn ein Tier hiermit von einem Hubschrauber aus geortet wird, so läßt sich dennoch kaum erkennen, was man da vor sich hat: einen Bären, ein Wildschwein oder einen Hirsch. Auch ist höchst unsicher, wie ein lebendiges Wesen von dort obcn aus der Luft betäubt werden kann, da beide, sowohl Jäger wie Gejagter, in Bewegung sind.

Und Bruno wandert. Das Wandern ist sein Leben.

Es scheint, als wolle er alle Erfahrungen, die ein Bär auf Erden machen kann, im Eiltempo in sich auf- und mit sich nehmen, als sei er bereits erfüllt von einer Ahnung, daß er den Zenit seines Lebens überschritten habe, die Spanne seines irdischen Daseins begrenzt sei, und er nicht mehr allzu lange hier sein würde.

Nun wanderte er, wie es den Anschein hatte, in Richtung Benediktenwand. Hatte er sich bis jetzt vorzugsweise von Westen kommend in östlicher Richtung bewegt, so kehrte er nun plötzlich um und schlug erneut den Weg nach Westen ein. Wanderer sind ihm dabei begegnet und erzählten dem Wirt der Jachenau von ihrem Erlebnis.

Bruno war inzwischen zu einer Art Nationalheld aufgestiegen und fast niemand wünschte mehr, ihn tot zu sehen. Im Rathaus von Lenggries überlegte der Bürgermeister, ob man damit werben solle, daß die Gegend im

Isarwinkel so schön ist, daß auch Bären gern dort Urlaub machen.

Die Kondensmilchfirma mit dem Bären auf dem Etikett hatte mittlerweile einen Werbefeldzug eigener Art gestartet. Auf Firmenkosten war eine große Alu-Röhren-Falle in Montana, USA, hergestellt worden. Sie wurde nach Bayern eingeflogen, der Presse präsentiert und das Ereignis entsprechend gewürdigt. Viele kluge und vielleicht auch ein paar weniger kluge Reden wurden gehalten, und alle waren zufrieden. Sogar an einen Wasserspender im Inneren der Röhre hatte man gedacht, damit »der arme Bruno« nicht verdursten müsse. Auch wurde nicht ohne gewissen Stolz darauf hingewiesen, daß das Gerät an Trageösen sogar durch einen Hubschrauber vor Ort gebracht werden könne. Nur wo dieser »Ort« sein könne, und ob Bruno sich nicht den sprichwörtlichen Bauch halten würde beim Anblick dieses Alurohrs, in das er nach Meinung seiner Fänger hineinschlüpfen solle, das stand allerdings in den Sternen, vorzugsweise natürlich im Sternbild des Großen Bären.

XIV

Der *Große Bär* ist jene Sternkonstellation am nördlichen Himmel, von der aus ein aufmerksamer Beobachter leicht den Polarstern auffinden kann. Um diese Himmelsnabe drehen sich gleich einem Rad sämtliche Sterne des nördlichen Himmels. Im Glauben der Hindis ist es die Kraft der Bären, die dieses Rad anstößt, das Himmelsgewölbe in Bewegung bringt, so daß sich somit Winter und Sommer die Hand reichen. Die Bären hüten diese Quelle des Lebens, diesen kosmischen Schoß, aus dem alle Welten geboren werden.

Der Polarstern sitzt am hintersten Ende des Schwanzes des Sternbilds *Kleiner Bär*. Wer ihn auffinden will, verbindet die beiden letzten Sterne des *Großen Bären*[4], durch eine gedachte Linie und verlängert diese um knapp ein Sechsfaches. Er trifft dann auf einen etwas schwächer flimmernden Fixstern, der nur um zwei Grad vom nördlichen Pol abweicht. Zieht er von diesem eine Senkrechte nach unten, so blickt er also fast genau in Richtung Norden. Ein guter Tipp zur Orientierung in der Wildnis, ohne daß man hierzu einen Kompaß braucht.

Wer in einer klaren Nacht eine Kamera auf ein Stativ stellt und bei offener Blende und blockiertem Verschluß den Himmel ablichtet, erhält auf seinem Film das Bild konzentrisch verlaufender Lichtbahnen um diesen Mittelpunkt. Allerdings muß er den Verschluß auch wieder

4 Der *Große Wagen* wird dieses Sternbild auch oft genannt.

schließen, bevor es am Morgen hell wird, sonst hat er gar nichts mehr auf seinem Film.

Ursus major wurde der große Bär auch genannt, ein Mittler zwischen Himmel und der Erde, geschaffen aus der ewigen Quelle der sich erneuernden Jugend, der geheimnisvollen Kraft des Lichts sowie der heiligen Siebenzahl seiner einzelnen Sterne.

Immer wieder wird auf der Bären geistige Nähe zum Menschen hingewiesen, auf ihre göttliche Sendung als Kulturheroen mit spiritueller Botschaft. Ihre nahe Verwandtschaft zum Menschen wurde schon den alten Jägern erschreckend offenkundig, wenn eines der gehäuteten Tiere vor ihnen hing. Die Bärenjagd war eine kultische Handlung, bei der sich Gott selbst als Opfer hingab. In feierlichen Worten wurde Er angesprochen und darum gebeten, bei den himmlischen Geistern Nachsicht und Wohlwollen für die Menschen zu erwirken, die nun seine Seele heim zu senden sich anschickten.

Ob Brunos Jäger solche Worte sprechen oder denken werden, bevor sie ihn mit einem Schuß von seiner Aufgabe entbinden? Kaum. Und trotzdem wird er seinen Weg nachhause finden, angezogen von der mächtigen Kraft des Lebens selbst, der wissenden Natur des allumfassenden Bärengeistes dort oben in den arktischen Gefilden des Himmels.

Jene magische Kraft, die Ähnliches zum Ähnlichen hinzieht, schien dafür gesorgt zu haben, daß ausgerechnet Finnen dazu berufen wurden, Bruno mit ihren Hunden zu jagen. Denn Finnen sind es, nach deren Glauben der Himmelsbär in goldener Wiege zur Erde nieder gleitet aus den Sphären des nächtlichen Himmels der Arktis.

Und die Finnen und Rentierzüchter Lapplands, die Samen sind es, die, wie es heißt, »dem Bären auf die Schultern steigen«, wenn es ans Sterben geht. So wie sie von ihm einst gekommen sind, so nimmt der Große Bär dann ihre Seelen wieder in sich auf, bis eine neue Seele hinuntergeschickt wird in den Winterschlaf einer Bärin und darauf wartet, daß die Tage länger werden und ein neuer Frühling erwacht.

Erst im Spätsommer, manchmal im Spätherbst, ja bisweilen sogar kurz vor dem Einsetzen des Winterschlafs geben sich die Bären ihrem Liebesspiel hin. Des Bären ausgestoßener Same liegt dann wohlbehalten bis in den Winter hinein in der »Bärmutter«. Die Natur selbst entscheidet über den günstigsten Zeitpunkt für die eigentliche Befruchtung. Dann erst durchdringt der Same das bereitliegende Ei und gibt den Anstoß dafür, daß der geduldig wartenden Tierseele ein neuer Körper erschaffen wird.

Nur 300 bis 400 Gramm wiegt ein Bärenbaby, wenn es am Ende des langen Winterschlafs der Bärin zur Welt kommt. Dann sucht es sich umgehend den Weg zum Gesäuge der Mutter, um die dargebotene fettreiche Milch aufzunehmen. Erst nach rund vier Monaten bringen die kleinen Bären dann ein Gewicht von vier bis fünf Kilogramm auf die imaginäre Waage und sind damit bereit für erste Tastversuche hinein in die große, zu erforschende Welt.

Tritt der Bär in unsere nächtlichen Träume ein, so gräbt er mit seinen scharfkralligen Tatzen nach bisher unerkannten kraftspendenden Aspekten unserer selbst. Sehr lange kann die Bärenkraft dabei im Schlaf gelegen haben, bis sie sich schließlich meldet, sich anschickt zu erwachen, den Träumer mit neuem Tatendrang erfüllt und ihn mit verwandelten Gefühlen in einen neuen Lebensabschnitt hinein schickt.

Das griechische Wort *arktos* heißt »der Bär; das Nordgestirn.« Auf alten Sternenkarten gibt es eine Darstellung des Bärenjägers *Arkas,* der mit seinen Hunden Bären jagt, und wie stets, verbirgt sich mehr hinter solchem Mythos als nur eine schöne Geschichte.

Im romantischen *Arkadien* des alten Griechenland, im »Bärenland« war *Artemis* zuhause, die Göttin der Jagd.[5] Mit Pfeil und Bogen wird sie vielfach dargestellt. Sie hütete ihre Kraft, indem sie in Bärenfelle eingehüllt und unbemannt in Wäldern lebte. Keuschheit verlangte sie auch von ihren Anhängerinnen. Doch eine unter ihnen, *Kallisto* – »die Schöne«, erregte die Begierde von Göttervater *Zeus.* Der hatte sich ja schon viele schöne Sterbliche gefügig gemacht, indem er diesen in Gestalt diverser Tiere beiwohnte. Berühmt ist die Geschichte von Leda, der er sich als Schwan genähert hatte und die daraufhin ein Ei legte, dem die schöne Helena entschlüpfte. *Europa* entführte er als Stier nach Kreta, *Olympia* verführte er als Schlange und der *Kallisto,* die bislang all seinen Annäherungsversuchen widerstanden hatte, näherte er sich nun, als die in ihr Bärenfell gehüllte *Artemis* selbst. Als die Schöne, erstaunt darüber, daß die Göttin ihr so hautnah auf den Leib rückte, den Betrug entdeckte und sich wehrte, hatte *Zeus* sie aber schon überwältigt und geschwängert.

5 *Diana* ist ihre Entsprechung bei den Römern.

Danach gelang es ihr eine Zeit lang, zu verbergen, was geschehen war. Als aber Artemis mit all den sie begleitenden Nymphen beim Bad in einem Waldsee ihre Kleider abstreifte, verriet Kallisto die Wölbung ihres Bauches. So wurde sie samt der Frucht ihres Leibes von Artemis in eine Bärin verwandelt und verstoßen, indem sie sie von ihren Hunden jagen ließ. Noch immer war Kallisto jedoch mit menschlichem Sinn und Gemüt begabt. Allein gebar sie in einer Höhle einen kräftigen Sohn und gab ihm den Namen *Arkas* – »der Bär«. Als Göttersohn wurde er zum Ahnherr des Geschlechts der Arkadier im mythisch-poetischen Bärenland Arkadien.

Wie das bei Bären üblich ist, trennen sich die Jungtiere schon frühzeitig von der Mutter, um sich im Überlebenskampf zu üben. Nun war zwar Arkas als ein Mensch geboren, doch trug er noch den Drang nach früher Selbständigkeit in sich, und so verließ auch er die Mutter schon in jungen Jahren. Bald hatte er sie ganz vergessen. Ein tragisches Geschick ließ ihn dann selbst zum Bärenjäger werden, und als die Mutter ihm eines Tages im Wald begegnete und sich ihm zärtlich brummend näherte, erkannte er sie nicht und jagte sie seinerseits mit seinen Hunden.

Es heißt, Zeus' Gemahlin, die eifersüchtige Hera, habe in Arkas die Frucht von ihres Gatten Fehltritt erkannt und sein Schicksal so gelenkt, daß er zum Jäger derer wurde, die ihm einst das Leben schenkte.

Zeus aber rettete die ehemalige Geliebte, indem er sie in den Himmel erhob und im Sternbild der Kallisto verewigte. Dasselbe tat er auch mit seinem Sohn Arkas, dem er als Bärenhüter in dem Stern *Arkturus* den schönsten Platz am Himmel zuwies.

Wohl scheint hier Arkas mit seinen Hunden der Mutter immer noch hinterher zu jagen, doch kann er sie nun dank Zeus' Gnadenakt nie mehr erreichen.

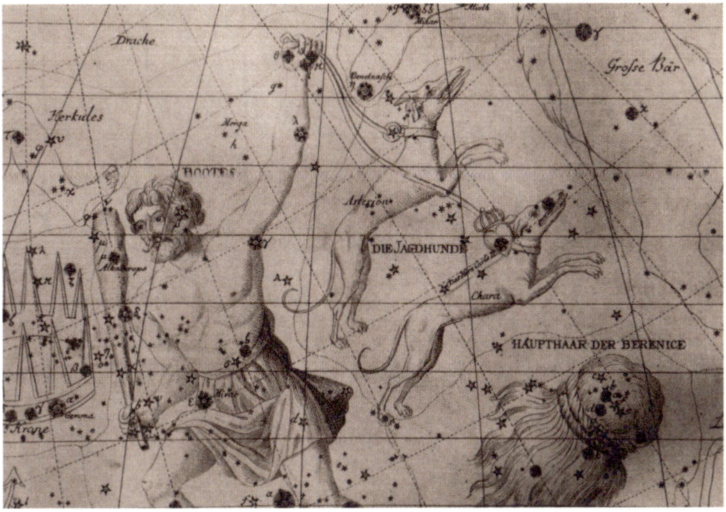

XV

»Hallo, mein zotteliger Freund. Wie geht's dir mittlerweile? Wo steckst du denn gerade?«

»Pedro, schön, daß du dich wieder meldest. Ich bin nun, wie ich es dir angekündigt habe, aus den Bergwäldern herunter gekommen. An einem Bach entlang bin ich in ein großes Dorf gewandert, so wie ich es dir schon gesagt habe. Es ist dunkel. Soeben komme ich zu einer Straße. Ein Licht beleuchtet mich von oben. Es befindet sich auf einer hohen Stange.«

»Du meinst, du stehst unter einer Laterne.«

»Ein Mann kommt mir entgegen mit zwei Hunden. Die Hunde sind ganz ruhig, aber der Mann scheint Angst zu haben. Als er mich sieht, wechselt er die Richtung. Er geht um einen anderen Häuserblock. Da begegne ich ihm wieder. Ich möchte ihm so gerne zeigen, daß er sich nicht fürchten soll vor mir. Aber je mehr ich ihm nachlaufe, um so mehr beunruhigt es ihn und er rennt vor mir weg. Auch er hat seine Instinkte verloren. Das ist sehr schade. Es macht mich traurig.«

»Was wäre, wenn du dich einmal aufrichten würdest, um dich ihm ähnlicher zu machen?«

»Er würde es falsch verstehen. Ich hab' das schon öfters versucht.«

»Aber ein Bär, der sich aufrichtet, greift nicht an. Er sieht sich nur um.«

»Das weiß der Mann nicht. Er deutet es falsch.«

»Ist dir etwas aufgefallen auf deinem Weg, damit ich mir eine Vorstellung machen kann, wo du dich befindest?«

»Da war noch ein Mann. Der war groß und schwarz und aus Metall. Er ist größer als Menschen normalerweise sind und sieht sehr kräftig aus. Er steht völlig unbeweglich auf einem Fundament aus aufgetürmten Felsen, gleich neben der Straße, mitten zwischen den Häusern. In einer Hand hält er eine Stange mit etwas daran, was aussieht wie ein Stück Stoff, das da herunter hängt ...«

»Eine Fahne ...«

»... und in der anderen Hand hält er eine riesige Keule mit Stacheln dran.«

»Dann kann das nur der Schmied von Kochel sein, das heißt, du bist in Kochel am See.«

»Einen See hab' ich noch nicht gesehen. Es war mir auch nicht wichtig. Wer war dieser Schmied von Kochel und warum ist er aus Eisen und ganz kalt und starr?«

»Das ist ein Denkmal, Bruno. Die Menschen sollen sich an ihn erinnern, an ihn denken, wenn sie seine Statue betrachten. Es heißt, er habe vor rund 300 Jahren in der sogenannten Sendlinger Mordweihnacht in den Reihen aufständischer Bauern todesmutig gegen fremde Besatzer gekämpft, bis er schließlich als letzter fiel. Selbst wenn es ihn nicht wirklich gegeben hat – denn so genau weiß man das gar nicht – so ist er doch ein Sinnbild für die Standhaftigkeit gegenüber einer feindlichen Macht. Und wenn es ihn gegeben hat, dann war er dir auf jeden Fall sehr ähnlich, denn er war so bärenstark, wie du es bist.«

»Ob man mir auch einmal ein Denkmal setzt, wenn ich nicht mehr unter euch bin, was meinst du?«

»Was redest du da! Noch bist du da und sehr lebendig.«

»Doch hab' ich manchmal eine Ahnung, daß mein Auftrag bald erfüllt ist, und ich heimgehen kann zu meinen Ahnen. –

Da oben seh' ich jetzt einen Mann auf einem Vorsprung aus Holz an einem Haus.«

»Du meinst, er steht auf einem Balkon.«

»Kann sein. Auch er scheint zu erschrecken, als er mich sieht, obwohl er sich doch in sicherer Entfernung und hoch über mir befindet. Ich setz' mich jetzt erst mal eine Weile hin, bevor ich meinen Streifzug fortsetze.«

XVI

»Bruno, Schwerenöter, ich hab' die Zeitung gelesen. Du hast wieder ein paar Sachen angestellt. In Ort bist du gewesen, hast einen Honigstock geplündert.«

»Natürlich bin ich im Ort gewesen, Pedro. Das weißt du doch. Wir haben darüber gesprochen. Mitten drin war ich.«

»Nein, Bruno nicht *im* Ort, *in* Ort! Das Dorf heißt *Ort.*«

»Da war ich schon auf dem Rückweg von – was sagtest du – Kochel. – Ort, seltsamer Name für ein Dorf.«

»Zehn Kilo Honig sollst du verputzt haben, samt Waben.«

»Hmmm – das gibt Kraft. Du erinnerst dich, wir haben darüber gesprochen.«

»Stechen dich die Bienen nicht, wenn du ihnen den Honig klaust?«

»Doch, schon, es ärgert mich manchmal, wenn sie mich in die Schnauze stechen, aber es macht mir nicht viel aus. Allmählich wirst du immun dagegen. Ich bin auch nicht sehr zimperlich beim Knacken ihrer Stöcke. Hab' ich die Rahmen mit den Waben rausgeholt, so schleuder' ich sie erst mal möglichst weit vom eigentlichen Stock weg. Dann fliegen die meisten schon mal schnell zurück.«

»Und warum machen die das?«

»Sie sind verwirrt und haben Angst um ihre Königin. Sie wollen sie schützen.«

»Ein raffinierter Bursche bist du.«

»Manche Bauern schützen ihre Bienenstöcke durch Elektrozäune. Das ist nicht so angenehm. Wenn sie mir halt hin und wieder freiwillig ein paar Waben spenden würden, könnten wir gut auskommen miteinander. – Es scheint übrigens nicht mehr so viel zu geben von dem wonnigen Schmaus, wie noch im letzten Jahr. Was ist passiert? Weißt du darüber etwas?«

»Ja, das weiß ich. Auch solche Dinge stehen in der Zeitung. In ihrer Unvernunft haben Menschen eine Milbe aus Asien nach Europa eingeführt. Die ernährt sich von der Brut der Bienen. Sie legt ihre Eier in die Larven. Die Bienen kommen dann verkrüppelt zur Welt, sind unfähig zu fliegen. Oft sterben sie sogar, wenn gar zu viele Milbeneier in einer einzigen Puppe waren. Das haben Menschen davon, wenn sie sich überall einmischen in die natürlichen Abläufe. Jetzt versuchen sie, die Bienen im Sommer mit Ameisensäure zu bestäuben, um sie widerstandsfähiger zu machen.«

»Hmm, Ameisen – lecker! Noch besser sind die Maden. Aber da muß ich immer erst den ganzen Haufen umwenden. – Die sitzen nämlich ganz unten.«

»Lenk' nicht ab! Ich les' da übrigens: Einen Hasen hast du außerdem gerissen und ein Meerschweinchen. Ein zweites hatte Glück. Es konnte sich verstecken. Man will dich jetzt ›möglichst schnell aus der Natur entnehmen‹, steht da. Merkwürdiger Ausdruck: Wie will man das anstellen. Dich so einfach zu ›entnehmen‹. Sehr eigenartig. Was ist das für ein Mensch, der so etwas von sich gibt? Wie weit hat der sich selbst aus seiner ursprünglichen Natur entnommen?

Weißt du übrigens, wo du da Rast gemacht hast in Kochel? Nein? – Dann sag ich's dir: Direkt vor der Polizeiwache bist du gesessen. Das entbehrt doch nicht einer gewissen Komik. Da jagt man dich durch drei Länder und dann hockst du zehn Minuten lang vor der Polizei. Und was macht die? Sie schläft. Andere haben auch geschlafen, – und sich geärgert. Da heißt es: ›Bei uns saß er fast vor der Haustür, und wir haben geschlafen.‹ Du siehst, es gibt auch Leute, die dir gern begegnet wären. – Warst du auch am *Grauen Bären?*«

»*Kann mich nicht erinnern.*«

»Das ist ein gutes Restaurant am Ortsausgang von Kochel, Richtung Walchensee. Es liegt direkt am See.«

»*Hab's dir doch schon gesagt: Ich hab' den See gar nicht gesehen.*«

»Hätt' ja sein können. Wär' sicher sehr komisch gewesen. Stell dir vor, da sitzt ein veritabler Bär unter diesem Schild ›Seehotel Grauer Bär‹. Die Besitzer hätten nicht schlecht gestaunt.

»*Die haben höchstwahrscheinlich auch geschlafen, mitten in der Nacht.*«

»Oder noch besser: Tagsüber. Entweder hätte der Wirt sein Haus dann brechend voll gehabt, oder kein Besucher hätte sich mehr rein getraut.«

»*In diesem Fall hätten meine Jäger mich allerdings leicht kriegen können. Du verstehst schon: So einfach durfte ich es ihnen auch nicht machen.*«

»Wohin ging's denn von *Ort* aus weiter? Über's Moor bist du sicher nicht gelaufen, sondern wahrscheinlich zurück zum Lainbach und über den Rabenkopf erneut in Richtung Jachenau und Plansee und von dort nach Wildbad Kreuth, denn da hat dich ein Bergsteiger zwei Tage nach deinem Kocheler Wellness-Urlaub zu Gesicht bekommen.«

XVI

»Die Bayern scheinen dir wohlgesonnen, Bruno. Zweimal schon haben dich angeblich bayerische Jäger vor der Flinte gehabt und nicht abgedrückt. – Oder taten sie's nicht, aus Angst vor der öffentlichen Meinung? Sogar Morddrohungen sollen eingegangen sein.

Ein Gesinnungswandel scheint stattgefunden zu haben innerhalb der Gesellschaft in den vergangenen Jahrzehnten, geprägt von einer humaneren Einstellung gegenüber Tieren. Mehr und mehr Berichte gab es über Tierquälerei durch Massentierhaltung, auf Tiertransporten und in den Schlachthäusern. Ein immer stärkeres Aufbegehren ist zu beobachten gegenüber Menschen, welche aus Profitgier Hühner in Legebatterien einpferchen und Schweine auf engstem Raum auf nackten Eisenrosten im eigenen Dreck stehen lassen.

Allmählich dringt es auch ins Bewußtsein von Menschen, die sich darüber bis jetzt keine oder nur wenig Gedanken gemacht haben, daß die Not und Qual der Tiere, die sie essen, zu ihrer eigenen Not und Qual wird oder zumindest dazu beiträgt, denn ein jeder Gedanke und jede Empfindung eines Lebewesens prägt sich seinem Zellgedächtnis ein und überträgt sich auf uns, wenn wir sein solcherart imprägniertes Fleisch verzehren.

Wer sich jedoch dafür entschieden hat, ein Metzger sein zu wollen, braucht sicher Schutz gegenüber seinen eigenen Gefühlen. Ohne eine gut aufgebaute Panzerung könnte er nicht tun, was er tut. In früheren Zeiten allerdings wurde ein Tier mit Gebeten in die andere Sphäre hinüber geleitet und im Arm gehalten, während es sanft verblutete. Aber solche Bräuche gibt es längst nicht mehr bei uns, und nun essen die Menschen mit dem Fleisch, das sie zu sich nehmen, gleichzeitig Todesangst in sich hinein.

So sollten wir Menschen bei Tisch wenigstens das Tier im Nachhinein noch segnen und sich bei ihm bedanken. Auch täten wir gut daran, darum zu bitten, daß der Schock des Todes aus dem Fleisch genommen werden möge, und wir sollten auch dem Tier, das wir uns einverleiben, ein neues, friedvolleres Leben wünschen.

Ich habe mir von Menschen berichten lassen, die gemütskrank wurden, weil sie es nicht mehr ertragen konnten mit anzusehen, mit welch ungeschlachter Rohheit Tiere in den Schlachthäusern förmlich in den Tod gerissen werden, allen voran die kleinen Kälbchen, die ihre Peiniger mit schreckgeweiteten Augen flehentlich anblikken und nicht begreifen können, was ihnen da angetan wird, und auf welch grausame Art und Weise es geschieht.

Langsam verändert sich das Gemüt der Menschen. Mehr und mehr sind Hunde verschwunden, die vor den Häusern angekettet waren. Die Stimmen gegen das unsinnige Zu-Tode-Prügeln der Robben-Babies nehmen von Jahr zu Jahr zu. ›Nur Tiere sollen Pelze tragen‹, heißt es. Noch gibt es Stierkämpfe. Doch wird auch das wohl irgendwann einmal ein Ende haben.

Du hast den Zeitpunkt deines Erscheinens gut gewählt, Bruno. Eine Woge der Sympathie für dich geht von den meisten Menschen aus. Nach vorsichtiger Schätzung darf vielleicht angenommen werden, daß ein Viertel der

Bevölkerung sich zu modernen Befürwortern der Bären gewandelt hat. Zwei weitere Viertel, also rund die Hälfte aller Menschen, zumindest hier in Europa, scheint sich mit euch Bären in einem sympathischen Einverständnis zu befinden. Nur etwa ein letztes Viertel zählt noch zu den traditionellen Bärengegnern. Die wird es aber immer geben.

Dazu gehören natürlich auch die Bauern, deren Schafe du reißt. – Wenn du es könntest, solltest du versuchen, dich in ihre Lage zu versetzen. Aus ihrer Sicht ist ihr Zorn verständlich. Sie durchschauen deine Sendung nicht, und solch ein Schaf, oder das, was du davon übrig läßt, sieht wirklich ganz furchtbar aus.«

»Es spürt nicht, wie es aussieht, und das ist ihm auch egal.«

»Aber der Bauer spürt es und ihm ist es nicht egal. Es greift ihm ans Herz. Außerdem ist es ein großer Verlust für ihn, denn meistens liebt er seine Tiere. »

»Sagtest du nicht, es gibt einen Fond, um solche Schafe zu ersetzen, durch das, was ihr Geld nennt?«

»Weißt du, wie lange es mitunter dauert, bis solch ein Wertausgleich zustande kommt? Wir haben ja schon über Bürokratie gesprochen.«

»Du meinst, über die Fähigkeit einfache Dinge langwierig und kompliziert zu machen?«

»Der Papierkram ist in der Tat entsetzlich.«

»Das darf mich nicht berühren, denn es ist nicht von mir erzeugt. Ihr habt es selbst verursacht.«

»Das ist leider richtig. Trotzdem könntest du wenigstens ein bißchen besser auf die Gartenzäune achten, wenn du schon die Bienenstöcke nicht verschonst. So hat es eine Frau berichtet.«

»Es entspricht nicht meiner Natur, auf Zäune zu achten.«

»Na ja, war ja auch nur so 'ne Idee – Was hast du eigentlich in den Heuschobern von Kreuth gesucht?«

»Ich dachte mir, ich find vielleicht ein Huhn. Es gibt manchmal welche in den Scheunen. Sie suchen da nach Körnern, und ich glaubte, eins zu riechen.«

»So so, alter Feinschmecker. Hast aber keins gefunden und dafür wieder Bienenstöcke ausgeräumt. Für drei Schafe und einen Widder war ebenfalls die Uhr des Lebens abgelaufen. Der Mann war sehr traurig über den Verlust seines Widders. – Übrigens, die Finnen sind dir wieder auf den Fersen, hörst du?

»Hab' ich schon bemerkt.«

»Unterschätz' sie nicht. Sie töten bis zu 80 Bären jedes Jahr in ihrer Heimat. Das geht auch dort nicht ganz so leicht. Und da verfügen sie nicht über einen Polizeihubschrauber wie hier bei uns, wo man ihnen den roten Teppich ausrollt und sie hofiert wie Halbgötter.«

»Roter Teppich, – was ist das?«

»Das macht man auf Empfängen, wenn auserwählte Gäste kommen. Dann wird ein langer roter Teppich ausgerollt, wie eine lange schmale Wiese ganz in Rot, auf der die Gäste laufen dürfen. Die Farbe Rot besitzt, wie du weißt, viel Anziehungskraft. Alle Zuschauer sehen sehr aufmerksam hin, wenn solche Gäste kommen, und jeder, der auf dieser künstlichen, schmalen roten Wiese laufen darf, fühlt sich dabei geehrt.«

»Meinst du, wenn ich dann bald nachhause komme, wird auch für mich so eine rote Wiese ausgelegt, Don Pedro?«

»Ich glaube fest daran. Denn was immer du gelebt hast, – wenn wir ganz ohne Wertung es betrachten, hast du's nach dem Gesetz getan, nach dem du angetreten bist. Auch wenn manche Menschen dir vorwerfen sollten, daß es ein Teppich sei aus Blut, auf dem du läufst, so steht

dies Blut doch für das Leben, das vergossen wurde, um viele Menschen aufzuwecken, damit sie fähig werden, sich ihrer lang verschütteten Gefühle zu erinnern. Die Spur, die du gesetzt hast, sie wird nur äußerlich vergehen.«

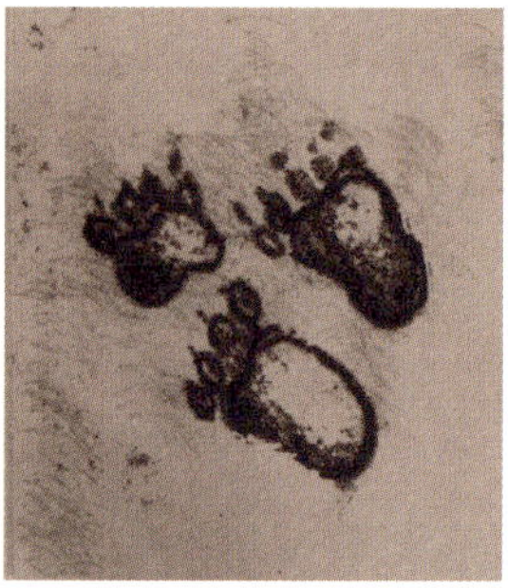

XVIII

»Ein Tiertrainer hat nun eine neue Idee, um dich zu fangen, Bruno. Er will dich mit einem Weibchen locken. Eine reife Bärendame lebt bei ihm. Sie ist schon 13 Jahre alt, – heißt Nora. Sie ist gerade brünftig. Wahrscheinlich wär' sie gern bereit zur Paarung mit solch einem jungen Hupfer wie dir. Wie wär's denn? Kann dich das locken?«

»Du übersiehst dabei nur, Pedro, daß ich erst zwei und ein halbes Jahr alt bin. Laß dich mal aufklären: Bären werden erst mit rund fünf Jahren geschlechtsreif. Vorerst noch brauch' ich alle Kräfte für mich selbst und will sie nicht an Bärendamen verschleudern. Das ist im Augenblick ganz unwichtig für mich. Vielleicht in einem nächsten Leben. Für diesmal ist das nicht gemeint.

Meine Jäger haben schon Lockstoffe aus der Sprühdose ausgebracht. Ich hab' das sehr wohl wahrgenommen. Rund 50 Kilometer – nach eurer Längenmessung – kann ich so etwas noch riechen. Aber soll ich dir was sagen: Es interessiert mich nicht. Außerdem fall' ich nicht auf Sprühdosen rein. Wenn, – also wenn schon, denn schon! – Heißt's nicht so bei euch?«

»Hm, war ja nur so 'ne Idee von denen. Wollte dir wenigstens mitteilen, was sich so alles tut um dich herum. Noch haben sie keine endgültige Abschußgenehmigung für dich erteilt.

Neuerdings sollst du womöglich gar mit einem Blasrohr erlegt werden. Bin allerdings neugierig, wie sie das anstellen wollen. Vielleicht fliegen sie dafür noch einen indianischen Spezialisten aus dem brasilianischen Regenwald ein.

Jedenfalls gibt es bereits Online-Spiele, in denen deine Verfolger versuchen müssen, dich mit Hilfe solch eines Blasrohrs und durch Betäubungspfeile zu erwischen. Wie auch in Wirklichkeit bewegst du dich sehr schnell in diesem Spiel. Wenn du getroffen wurdest, gibt es Punkte, die sich zunehmend anhäufen, je erfolgreicher der Spieler ist. Wird allerdings ein Schaf, ein Suchhund oder gar ein Polizist verletzt, gibt's wieder Abzüge vom erreichten Punktestand. Jetzt haben die Erfinder dieses Spiels noch eine Polizeistation hinzugefügt und ein Auto, einen Suchhubschrauber und sogar ein Meerschweinchen.

Alle loben sie sich gegenseitig ›über den Schellen-König‹, wie es in Bayern heißt, für ihre Bemühungen um dich – und ergehen sich in gewichtigen Reden. Das Jagdteam wurde hochgejubelt, das dich aufs Korn genommen hat und einem finnischen Fernsehsprecher wurde bestätigt, man habe mit den Jägern aus Finnland ›einen sehr guten Fang gemacht.‹ Ist das nicht komisch: hier werden die Jäger selbst zu den Gefangenen. Dann wurde noch gesagt, mit den Bemühungen,. dich zu betäuben und lebend einzufangen, hätten die dafür Verantwortlichen in Bayern ›weltweit Neuland betreten.‹ Du bist also jetzt jemand! Sogar die New York Times soll über dich berichtet haben, und der bayerische Ministerpräsident hat eine Rede auf dich gehalten. Über die lacht allerdings das ganze Volk.

Ein ›Risikobär‹ wurdest du darüber hinaus genannt. Mal was Neues. Immerhin nicht ganz so kraß wie der ›Schadbär‹, der du auch schon warst.

Du hältst sie auf Trab und eines hast du gut gelernt. Du machst es nicht wie menschliche Verbrecher, die, wie's heißt, stets zum Ort ihrer Tat zurückkehren. Womit ich übrigens nicht gesagt haben will, du wärst ein Verbrecher. Zumindest nicht in dem Sinn, wie Menschen das verstehen, – obwohl du ja jede Menge hölzerne Barrieren aufbrichst, die deinen unterschiedlichen Gelüsten im Weg sind. Schon eher also ein Einbrecher. Aber nicht jeder Einbrecher ist auch ein Verbrecher. Es gibt da feine Unterschiede.

Inzwischen werden sogar Lieder komponiert für und über dich und eine Zeitung stellt die Frage in den Raum, ob du demnächst die Hitparaden stürmst.

Ein ›Trauerspiel‹ nennt der Präsident des Tierschutzbundes die bisherigen Aktionen des Umweltministers. Auf sein Anerbieten, sich mit einer hohen Summe an den Kosten für die Versuche dich einzufangen zu beteiligen, sei keinerlei Antwort erfolgt, ebenso wenig wie zu dem Vorschlag, die Bevölkerung zu einer groß angelegten Spendenaktion für dich und deine Bergung aufzufordern.

Ich glaube, es ist nicht ganz falsch, von einer Bergung zu sprechen. Auch wenn du nicht in Seenot bist, so mein' ich doch, du gerätst allmählich in Not. Und der Befehl, dich einfach abzuknallen rückt näher und näher. Von den sechs Finnen sind allerdings nach zwei Wochen vergeblicher Versuche dich zu fangen, vier inzwischen abgeflogen. Zwei finnische Jäger und drei Hunde hast du also nur noch hinter dir. Und dennoch ist mir bang ums Herz, wenn ich nur an dich denk'.

Auch in Italien sorgt man sich um dich und will dich wieder haben, denn von dort bist du nun ja einmal losmarschiert.«

»Es ist mir eine Ehre, daß ich der Forstbehörde vom Trentino so viel wert bin, doch erneut vergrämen laß ich mich von denen nicht! – außerdem: Die Große Bärenmutter hat, wie du weißt, anderes mit mir vor.«

XIX

»Hallo mein Freund, heute ist der 21. Juni. Sonnwendtag. Das Jahr dreht sich auf die andere Seite. Von nun an werden die Tage wieder kürzer. Und deine Tage? – Leg eine Pause ein und ruh' dich aus für eine Nacht am Inn oder am Achensee.

Der Sommer hat sich selbst zu Tisch geladen,
die Rosen in den Gärten glühen,
Holunder, Akelei und Mohn erblühen
und Kinder wandern an den See zum Baden.

Am Baum die Kirschen funkeln wie Korallen,
summende Müdigkeit erfüllt das Land;
Gott PAN fällt seine Syrinx aus der Hand,
und Wehmut des Genugseins liegt auf allen

Erscheinungen, die gänzlich hingegeben
sind; wer mit dem Ohr am Boden lauscht,
fühlt Leere durch der Erde Kammern weben.

Des Jahres Lebensmitte ist errungen,
ein Glühwürmchen zuckt taumelnd, wie berauscht
und letzte Sonnwendlieder sind verklungen.

Zeit auch für dich, ein wenig inne zu halten, was meinst du?«

»Zeit, was ist das? Wie du weißt, ich habe alle Zeit der Welt, oder besser: Die Zeit nimmt mich an ihre Brust und gibt mir stets zu trinken. Nur ihr Menschen habt eure eigene Hetzjagd auf uns Tiere übertragen.«

»Du hast Recht. Alles wollen wir schnell erledigen und glauben, dabei Zeit zu sparen. Als ob Zeit eine Sache wäre, die sich sparen läßt. Deine Worte lassen mich erkennen, daß auch dir bewußt ist, wie die Zeit sich dehnt, je mehr du selbst zur Ruhe kommst. Je mehr du deine Tage füllst mit innigem Erleben, um so länger erscheinen sie dir. Als Kind – die großen Ferien, sechs Wochen – eine Ewigkeit. Und heute stürmen Jahre dahin, wenn du nicht achtsam umgehst mit jeder Stunde.«

»Ihr selber macht die Zeit. Ihr denkt zurück, ihr denkt voraus, und was ihr Zeit nennt, das ist Sturm und Braus. Ich lebe hier und lebe jetzt. Deshalb ist's gleichermaßen gültig, ob ich da bleib' oder geh'. Mein Leben ist Ewigkeit, ob ich gleich hier bin oder ganz woanders. Heimat ist überall.«

»Viele Freudenfeuer werden brennen auf den Bergen, wenn heute abend die Sonne versinkt. Achte darauf. Im Einverständnis mit dem Großen Bären dort oben am Himmel, erschrecke keine Menschen und verschone die anderen Tiere heute Nacht.«

XX

»Diesmal hab' ich eine gute Nachricht für dich. Die finnischen Jäger sind nun alle abgereist.«

»Ich hab's dir doch gesagt. Die haben bei mir keine Chance. Es sind zwar zähe Burschen, und Respekt auch vor den braven Hunden. Sie haben sich wacker bemüht, mir zu folgen.«

»Du hast ihnen allerdings alles abverlangt. Hier steht es in der Zeitung: Rund 500 Kilometer sind sie unterwegs gewesen mit ihren Hunden, und mehr als 10.000 Höhenmeter mußten sie insgesamt erklimmen, im Freien übernachten mußten sie wie du, und höchstens mal im Auto. Die Hunde haben über 1.000 Stunden Schnüffelarbeit verrichtet. Einer soll dir zuletzt 48 Stunden lang ununterbrochen auf den Fersen gewesen sein. Doch warst du ihm immer um eine Bärenlänge voraus. Eine Fläche von rund 6.000 Kilometern im Quadrat sollst du durchwandert haben in den letzten Wochen. Das macht dich reif für's Guinness-Buch der Rekorde.«

»Was ist denn das?«

»Das ist ein Buch, in dem besondere Höchstleistungen von Menschen und von Tieren verzeichnet sind.«

»Weißt du, ich seh' das nicht als eine besondere Leistung an. So was wie Leistung gibt es nicht bei mir. Auch werd' ich nicht geliebt von Tieren oder Menschen, weil ich etwas leiste. Höchstens weil ich der bin, der ich bin. Ich wandere einfach gern. Ich mach' das aus Freude. Aus Freude am Dasein und am Leben und an meiner Kraft.«

»Jetzt dürfte es – so hoffe ich für dich – ein wenig ruhiger werden.«

»Don Pedro, täusch' dich nicht. Oft ist es ruhig im Leben, wie in der Natur, bevor ein Sturm einsetzt. Doch will ich das genießen und gleich ein wenig baden, um mich zu erfrischen.«

»Wo bist du denn zur Zeit?«

»Das weiß ich nicht. Ich bin dorthin weiter gewandert, wo am Morgen die Sonne aufgeht. Es ging mal runter in ein Tal und dann wieder ziemlich hoch hinauf. Jetzt bin ich ganz in der Nähe eines kleinen Sees und bewege mich im Augenblick auf eine Alm zu. Da stehen einige Männer vor der Hütte. Einer scheint sich an einem Trog zu waschen. Gerade entdeckt er mich. Ich beweg' mich weiter auf ihn zu.«

»Sei vorsichtig«.

»Das ist nicht dein Ernst? Wenn ich lachen könnt', würd' ich's tun. Die sehen eher so aus, als hätten sie Respekt vor mir.«

»Wie nah bist du denn an ihnen dran?«

»Na, so ungefähr zehn mal die Länge eines Menschen. Ich probier's jetzt noch mal. Ich richt' mich auf und stell' mich auf die Hinterbeine, vielleicht erkennen sie ja doch, daß ich nichts Böses gegen sie im Schild führe.«

»Leg den Kopf ein wenig zur Seite. Das deuten sie vielleicht als versöhnliches Angebot. Und? – Was passiert?«

»Einer hat diesen kleinen schwarzen Kasten in den Händen. Er scheint ein Bild von mir zu machen. Die anderen jetzt auch. – Na, dann troll' ich mich nun wieder. Ich will zu die-

sem kleinen See, den ich gesehen hab'. Brauch' dringend eine Abkühlung.

Bin angekommen. Ein anderer Mann badet da schon. Ich also mit hinein, – langsam, – damit er keine Angst vor mir bekommt. Hat er anscheinend auch nicht. Ah, das tut gut. Wasser ist eine wunderbare Sache. Hat der Große Erfinder gut gemacht. Uuuaaah – Brrr – wuff – herrlich! So kühl und naß! Macht richtig Spaß. Mal kurz untertauchen. Einige meiner Brüder können das nicht so gut. Wegen der Ohren, weißt du. Mir macht's nichts aus. Hab' mir schon manchmal einen Fisch gegriffen auf diese Weise.

So, jetzt wieder ein Stück auf der Forststraße hinauf. – Da kommt eine Gruppe Kälber auf mich zu. Was wollen die? Die muß ich nicht haben, also abgedreht. Aber da – ein wenig weiter ein paar Schafe. Eines davon – nur eins heute, Großer Bär im Himmel, denn ich hab' Hunger.

Zwei dieser Männer von der Hütte folgen mir. Halten aber gehörig Abstand. Nichts Böses führen sie im Schilde gegen mich. Vielleicht wollen sie nur andere vor mir warnen. Schade, daß sie immer denken, ich sei eine Gefahr für sie. Vielleicht versuch' ich's noch ein letztes Mal, dort oben bei dem großen Haus unter dem Berggipfel, wo so viele Menschen gern beim Essen sitzen, ob sie mich aufnehmen bei sich, so wie in den alten Zeiten – heut gegen Abend. In dieser Gegend würd' ich gerne leben. Wenn sie mir manchmal ein Schaf spendieren würden und hin und wieder eine Honigsemmel – aber wahrscheinlich schreien sie mich auch nur wieder an. Drum werd' ich mich jetzt meinen Jägern stellen.«

»Bruno es ist raus. Sie haben's aufgegeben, dich lebend einzufangen. Die haben jetzt eine Abschußgenehmigung für dich erlassen.«

»Ich weiß. Ich kann es spüren, und es ist in Ordnung so. Mehr muß ich nicht mehr tun. Auch bin ich müde. Nicht von dem Hin und Her, dem Auf und Ab. Das ist mein Leben. Nein, meine Seele ist traurig. Traurig über euch Menschen, die ihr euch euren selbsterzeugten Ängsten ausgeliefert habt. Die ihr eure Instinkte verloren habt, für die wirklichen Gefahren, die euch drohen.«

»Die Männer, die dich nun zur Strecke bringen sollen, – sie wissen, daß sie keine Heldentat begehen werden, wenn sie dich erlegen. Die den Befehl erlassen haben, sie müssen sogar die Namen deiner neuen Jäger geheim halten, damit denen nichts geschieht von Seiten der Bevölkerung. Ein Naturschutzverband hat angekündigt, deine Schützen zu verklagen, sollten sie erfolgreich sein.

Du hast aber auch mächtige Freunde unter Umweltschützern. Die haben sogar angekündigt, sich als Bären zu verkleiden und unter Einsatz ihres Lebens und aus Freundschaft zu dir durch die Wälder zu streifen, um deine Jäger zu verunsichern. Wenn sie das wirklich tun, dann traut sich niemand mehr, auf einen Bären zu schießen, denn er könnte einen Menschen treffen.«

»*Das rührt mich wirklich an und es versöhnt mich mit den Menschen. Es wird aber, mein Freund, nun nicht mehr nötig sein. Zu nah schon spür' ich mein Geschick.*«

»Inzwischen weiß ich, wo du bist: hoch über Bayrisch Zell im Gebiet der Rotwand, bei den Ruchenköpfen, auf fast 1.800 Metern, hast wieder einmal 1.000 Höhenmeter gutgemacht in einer Nacht. Der kleine See, an dem du warst, – es ist der Soinsee.«

»*Ja, das war schön. Es hat mir wirklich gut getan. Alles war so friedlich. Der Mann, der da schwamm und ich, – wie sagtest du heißt der umfriedete Garten?*«

»Paradies.«

»*Ja, wie im Paradies.*«

»O Bruno, ich hab' Angst um dich.«

»*Das mußt du nicht. Überpräg' mich nicht mit deiner Sorge. Wenn du mir Sorge schickst, kommt Sorge bei mir an. Du weißt doch um die Macht der Gedanken. Begleite mich mit deiner Liebe. Sorgen muß ich für mich selbst.*«

»Sie werden Köder auslegen, um dich anzulocken. Vielleicht ein Schaf und ein paar Honigtöpfe.«

»Auch das erahn ich schon, aber auf so etwas bin ich noch niemals reingefallen. Wenn ich sie aufsuch', dann aus freier Wahl und mit der Bitte um ein würdiges und schnelles Ende.«

»Mir wird ganz weh ums Herz, wenn du so sprichst.«

»Es ist genug. Ich fühle, daß es gut ist, so wie's ist. Mein Leben war so schön und wild und ungestüm, so wunderbar und frei wie es kein Parkbär hat. Ich bin sehr dankbar, – und du weißt ja, unsere Beziehung ist noch nicht zu Ende. Sie ist nie zu Ende. Du mußt nur die Augen schließen – und ich bin da. Leben selbst hat nie ein Ende, es geht immer weiter. Ich bin dann nur auf der anderen Seite des Lebens. Wir können zu einander sprechen. Ich werde da sein, wenn du mich rufst – und du kannst mich sehen – in deinen Träumen. – Versprich' mir eines nur ...«

»Was immer du willst.«

»Daß du fortführst, was mir zu sagen nicht gelang. Die Menschen, denen ich in ihre Augen sah, sie haben meine Augensprache nicht verstanden. Dir ist eine Stimme gegeben. Du wirst mein Sprachrohr sein. Dann bin ich zufrieden. Dann kann ich leicht und gern nachhause gehen. Dann hat mein Opfer sich gelohnt, weil du nun für mich weiter sprichst.«

»O Bruno, das sag' ich dir gerne zu.«

XXI

»Bruno …!«

Ein Albtraum weckt mich auf! Dabei bin ich doch eben erst zu Bett gegangen. O Bruno, um wieviel anders sind sie mit dir umgegangen, als wir uns das für dich gewünscht hatten. Dein Vertrauen in die Menschen, es wurde nicht belohnt. Sie haben dich gehetzt, sie haben dich ermordet. – Merkwürdig. Noch nicht mal Mitternacht ist's. Zwei Schüsse knallten da in meinen Schlaf hinein. Kurz hintereinander. Ein paar Tränen laufen mir über die Wangen. Bruno, ich weiß, jetzt bist du fortgegangen.

»Nur aus eurer Welt. He Pedro, ich bin gut angekommen auf der anderen Seite.«

»Du mußt es nicht beschönigen. Wenn Träume keine Schäume sind, wie viele Menschen es noch immer glauben, dann war's furchtbar. Du weißt, daß ich in der Traumzeit wandeln kann, so wie du's ebenfalls vermagst.«

»Gräm' dich nicht. Mein körperlicher Schmerz ist nun vorbei. Doch meine Seele ist voll Traurigkeit.

Du hattest übrigens Recht: Meine heimgekehrten und auch die noch ungeborenen Brüder und Schwestern – sie haben die lange rote Wiese ausgerollt für mich.«

XXII

»Es ist jetzt einen Tag danach. Sie sagen, du hättest nicht leiden müssen, wärst sofort tot gewesen, – so sagen sie zumindest ...«

»Tod? Was ist das? – Ihr seid nicht tot, wenn das Bewußtsein sich erhebt in andere Regionen. Nur euer Körper, der bleibt liegen. Und außerdem: Was wissen die von Leid! Es ist nicht leidvoll, wenn die Seele sich vom Körper löst, wenn es nur sanft geschieht ...«

»Mach' mir nichts vor! In meinem Albtraum hab' ich's anders wahrgenommen und schmerzhaft hat sich's angefühlt und langsam hast du dich nur lösen können«

»Bevor mein Körper mir genommen wurde, tat ich einen letzten Blick nach Süden, dorthin, woher ich gekommen war. Das war schmerzvoll. Unbeschreiblich ...«

Ich hab' noch mehr gesehen in meinem Traum. Doch ist's wohl besser, wenn ich schweige.

»Ja, besser ist's. Es würde jetzt auch nichts mehr ändern und wie ich euch Menschen kennenlernte, gäb's nur Streit zwischen euch. – Ein reinigendes Seelenfeuer hat mich nun eingehüllt, zehrt Zorn und Trauer langsam auf. Da, wo ihr weilt, da ist noch Schmerz und Gram und Kummer, – da ist Leid. Ich bin schon fast jenseits davon. Das Hauptleid ist bei euch. Ihr alle leidet. Es ist bei meinen Jägern. Sie sind Leidtragende. Sie sind die Hinterbliebenen. Leid ist stets bei den Hinterbliebenen. Von hier aus kann ich das erkennen. Hier, wo ich jetzt bin, ist eine höhere Dimension. Allmählich wird es friedlicher

in meinem Inneren, und auch von außen fühl ich mich getröstet von der Großen Bärenmutter und vielen meiner Artgenossen, die schon vor mir angekommen waren. So mach' auch du dich frei vom Aufruhr der Gefühle.«

»Möge also honigsüßer Friede deiner Seele Ruhe geben und dich gut einbetten in die allumfassende Liebe der gesamten Schöpfungsordnung.

Es gibt übrigens schon eine Internet-Seite für dich. Die können sich da nicht mehr retten vor Zugriffen, nachdem du in höhere Regionen aufgestiegen bist. Sie melden 10.000 Anfragen pro Sekunde. Kannst du dir vorstellen, was das bedeutet: Der Server bricht zusammen – verzeih', so heißt das hier auf Neuhochdeutsch.

In den Schulen bestehen die Kinder auf Gedenkminuten für dich. Sie sagen, du wärst zu jung gewesen, um zu sterben, und wünschen dir trotzdem viel Spaß im Bärenhimmel, obwohl manche Lehrer sagen, du wärst eine Bedrohung für die Menschheit gewesen. Ein wenig zu hoch gegriffen, was meinst du?«

»Auch wenn es Lehrer sind, so haben sie doch – mit Verlaub – hiervon noch nichts begriffen.«

»Einer sagt, er trinkt 'ne Tasse Milch mit Honig, in Erinnerung an dich. Ein anderer fragt an: ›Todesstrafe für Bären? – Pranger für den Schützen?‹ – Was sagst du dazu?«

»Ein jeder sehe es nach seinem Vermögen. Wenn ihr aufhört zu bewerten, seid ihr auf dem rechten Weg.«

»Und schon geht's weiter mit einem Online-Spiel, betitelt ›Brunos Rache‹. Da leerst du Honigeimer aus auf die Köpfe derer, die dich einst plagten und jagten, so wie das vor Hunderten von Jahren bei der Belagerung von Burgen gemacht wurde. Da übergossen die Eingeschlossenen ihre Angreifer mit heißem Fett oder Blei von oben. Und in einem nächsten Spiel darfst du sogar Politikern den Honig über ihre Köpfe gießen.«

»Ich bin nicht rachsüchtig.«

»Andere wollen dich auf Wolke 7 sehen und verpassen dir ein weißes Nachthemd und Flügel, wohl in Erinnerung an den bayerischen Engel Aloisius, der da immer noch Hosianna singen muß auf seiner Wolke und doch soviel lieber im Hofbräuhaus sitzen würde, bei einer Maß Bier.«

»Ein jeder so, wie's ihm gefällt.«

»Du hast viele Fans gewonnen. Sie singen Bruno-Lieder und tragen T-Shirts mit beißend ätzenden Parolen, wie zum Beispiel: ›Bruno – zu Gast bei Freunden!‹.

In Berlin – eigentlich müßt's ja Bärlin heißen – demonstrieren 200 Tier- und Naturschützer vieler Organisationen gegen deinen Abschuß und wünschen sich eine Natur ohne Jagd.«

»Ich kann verstehen, daß sie trauern. Trotzdem tut's ihnen nicht gut, wenn sie mit rachsüchtigen Gedanken leben. Beladet euch nicht. Nicht mit bedrückenden Gedanken, nicht mit Begierden und nicht mit Besitz. Denk an mich: immer leichtes Gepäck. Dann bleibst du kraftvoll und wendig.«

XXIII

»Hast du den Geist der Großen Bärenmutter schon gefragt, wie's weiter geht mit dir?«

»Ich darf jetzt erst mal etwas ruhn, im Schoße der Alleinigkeit. Man hat mir gesagt, ich hätte mir große Verdienste erworben um die Menschheit, und somit dürfe ich entscheiden, ob ich das nächste Mal als ein Mensch geboren werden will.«

»Und, was hast du geantwortet?«

»Solch ein Schritt will gut überlegt sein. Ich muß das auf jeden Fall noch einige Male überschlafen. Was ich da alles wahrgenommen hab' bei euch, ermuntert nicht unbedingt dazu, einer Menschwerdung ins Auge sehen zu wollen.

Eure in Staub gehüllten Städte mit ihren stinkenden Fabriken können mich nicht locken. Vielleicht, wenn sich etwas geändert hat. Aber es müssen schon große Veränderungen sein, Änderungen, die die Grundfesten eurer Existenz erschüttern werden.«

»Und wodurch wird es sich ändern? Wie wird es geschehen?«

»Die Erde selbst, auf der ihr lebt, gleicht einer Bärin. Sie wird sich schütteln und kratzen und sich von den Zecken, Flöhen und anderem Geschmeiß, das auf ihr lebt und ihr das Leben schwer macht zu befreien wissen. Sie wird einfach abschütteln, was ihr nicht behagt. Es hat bereits begonnen. Ihr wollt es nur noch nicht wahrhaben. Was ihr im Augenblick erkennt, ist erst der Anfang einer größeren Umwälzung.«

»Du meinst, sie wälzt und rollt sich so richtig auf dem Rücken hin und her wie eine Bärin?«

»Wie eine Bärin, ja, die sich im Schlamm suhlt oder in einem Wasserbecken, um sich zu säubern. – Einiges wird dabei überschwappen!«

»Und du wirst nicht dabei sein, wenn das passiert?«

»Nein, das seh ich mir von oben an. Was ich von meiner Warte aus erkennen kann, so seid ihr noch im Kindergarten.«

»Da magst du Recht haben. Für den Sprung zur Hochschulreife bleibt nur noch wenig Zeit.«

»Dann habt ihr zu wählen zwischen der Anbetung der Erde oder eurem Untergang.«

»Klingt nicht gerade beruhigend.«

»Das soll es auch nicht, denn niemandem wird das gefallen. Nicht denen, die euer Mißgeschick verursacht haben, und denen nicht, die's miterleiden. Aber was danach kommt, das wird gut. Dann werden Menschen wieder friedlich miteinander und mit Tieren leben, – in Ehrfurcht vor der Schöpfungsordnung.«

»Ja, die haben wir verloren. Sogar das, was die Erde selbst hervorgebracht hat in ihrer Liebe zu den Menschen, wollen wir verbessern. Millionen von Jahren hat's gebraucht, um zu erschaffen, was auf natürliche Weise gewachsen ist. Jetzt meint der Mensch in seinem Hochmut, der große Zentral-Computer, den wir Gott nennen, hätt's nicht gut genug gemacht und mischt sich ein. Mißernten und Zerstörung sind bereits vorhersehbar.

»Dazu mußt du kein Hellseher sein. – Außerdem: Was redest du, sie sind bereits vorhanden.«

»Weißt du, daß es einmal Getreidehalme mit neun Ähren gab? Nein? Neunfach konnte geerntet werden. Doch das ist lange, lange her. Der Undank der Menschen säte Verderben im geistigen Reich, und so fiel eine Ähre nach der anderen ab. Eine letzte blieb stehen, auf Fürbitte der überirdischen Mutter, damit wenigstens den Vögeln Futter geboten wäre, und so blieb uns die Brotfrucht erhalten.

Ist dir auch bekannt, daß deine Brüder, die Eisbären im hohen Norden bereits Probleme bei der Nahrungssuche haben?«

»Der Geist der Großen Bärenmutter hat es mir gesagt. Auch das ist nur ein Hinweis. Je mehr die Herzen der Menschen vereisen, um so schneller wird zum Ausgleich das arktische, das Bären-Eis, an den Polen der Erde schmelzen müssen. Wenn Menschen anfangen werden, mit dem Herzen zu denken und dem Kopf zu fühlen, dann stellen sich die inneren Lichter um. Dann wird eine neue Zeit beginnen. »

»Und nach dem großen Umbruch, mein Freund, wie sieht's dann aus mit deiner Menschwerdung?«

»Na ja, wenn überhaupt ...«

»Ja?«

»Dann höchstens unter einer Bedingung.«

»Und die wäre?«

»Daß ich meine Bärennatur behalten darf.«

»Und wo, meint der Große Bärengeist, wär' das am besten möglich? Wo könntest du geboren werden?«

»Vielleicht in der bärenfreundlichen Stadt Bern. Da sollen auch heute noch die Menschen mit uns Bären und die Bären ebenso mit Menschen sprechen, so hat man mir gesagt.«

»Da werden aber viele Bayern vielleicht traurig sein, wenn du dann nicht wieder hierher kommst, wo sie doch so um dich gelitten haben.«

»Du weißt doch, für mich gibt's keine Grenzen. Was hindert mich, nach Bayern auszuwandern? – bin ich doch ein Wanderbär!«

Anstelle eines Nachworts

»Bruno, wie beurteilst du die Chancen, daß noch einmal einer wie du bei uns in Bayern hier erscheinen wird?«

»Genauso gut kannst du auf den Einschlag eines größeren Meteoriten warten.«

»Also schlecht.«

»Dafür ist Bayern zu klein. Auch Österreich ist schon zu stark zersiedelt. Zwar gibt es Wälder genug. Aber selbst ein Nationalpark von 60.000 Hektar ist keine wirklich akzeptable Größe, welche unserem Wandertrieb gerecht wird. Und was passiert, wenn wir die von euch gesetzten Grenzen überschreiten, hast du ja an meinem Fall gesehen.

Ich bin zum Teil den alten Wanderwegen nachgegangen, die unserem Zellgedächtnis seit Jahrhunderten eingeprägt sind. Solltest du mal meinen Spuren folgen wollen, findest du da, wo ich war, noch jede Menge Flurnamen, die darauf hinweisen, daß meine Vorfahren seinerzeit auch diesen altbekannten Bären-Wechseln folgten. Da heißt es ›Bärenkopf‹ und ›Bärenjoch‹ und ›Bärental‹ und ›Bärenmoos‹ und ›Bärenheimat‹, ›Bärenhöhle‹, ›Bärenfalle‹, ›Bärenbad‹. – Auf verwitterten Votivtafeln kannst du noch Bilder meiner Ahnen erkennen, ebenso wie Bärenbilder als Wandschmuck in verschiedenen Hütten dienen.«

»Du warst also eine Ausnahme-Erscheinung?«

»Wie sie euch alle hundert Jahre höchstens einmal widerfährt. Ich kam, um euch etwas zu lehren. Das habe ich getan.«

»Gibt's vielleicht noch etwas mehr, was wir von dir lernen können?«

»Genügt's noch nicht, was euch durch mich gesagt wurde? Dann stellt eure Lauschlappen auf:

Ihr werdet als Giganten geboren und ihr macht euch zu Zwergen, weil ihr vergeßt, woher ihr kommt und wohin zurück ihr wieder kehrt. Weil ihr dem Zwerg dient in euch, dem Zwerg aus dem Märchen.«

»Haben wir uns vielleicht schon zu lange gebückt und sind dabei zu Zwergen geworden, ohne es zu bemerken? Oder glauben wir, Riesen zu sein und sind doch nur aufgeplusterte Wichtigtuer? – Na ja, aber auch Zwerge haben mal klein angefangen.«

»Ihr macht euch zu Zwergen, gebt Macht ab, wenn ihr auf jemand anderen hört, als auf die eigene innere Stimme. Sie ist das rote Telephon zu Gott, zu eurer eigenen Bärenkraft. Und dieser, euer Innerer Gott, er hält sich stets bereit, so wie er auch für mich da war in Form der Großen Geistigen Bärenmutter. Ihr sucht Ihn im Außen. Aber Er hält sich gut versteckt. Er hat sich nur verborgen – und zwar da, wo ihr Ihn am wenigsten vermutet: In eurem eigenen Herzen. Ein jedes Mal, wenn ihr auf andere hört, anstatt an euch selbst zu glauben, schwächt ihr euch und gebt von der euch zugewiesenen Macht zur Selbstgestaltung eures Lebens ab. Seid ihr hingegen risikobereit und folgt vertrauensvoll dem eigenen Glauben, geht nur einen Schritt auf Euern Gott zu, so eilt euch Er sofort auf halbem Weg entgegen.«

»Leben wie du gelebt hast? Immer den Tod an der Seite?«

»Fragt ihn, den Tod. Er ist euer bester Ratgeber. Er wird euch sagen: Lebt so, als wäre es der letzte Augenblick, bevor ihr diese Sphäre verlasst. Bringt alles was ihr seid in diesen Augenblick hinein. Weniger solltet ihr euch nicht leisten. – Niemand kann euch sagen, was für euch gut ist. Niemand kann euch raten, was ihr in dieser oder jener Situation zu tun habt. Macht euch leer, damit Gott euch füllen kann. Der eigene Kopf und Wille weiß es nicht. Es ist nicht notwendig, die eigene Entwicklung gewaltsam voranzutreiben, es genügt vollständig, sie nicht zu behindern. Macht euch also nicht zu eurer eigenen Beute! Seid voller Mut, doch ebenso voll Demut. Seid stark, wo Stärke gefordert ist, und schämt euch nicht, die eigenen Schwächen zu zeigen, wo durch bloße Kraftmeierei und Halsstarrigkeit nichts zu gewinnen ist. Kampf ist kein Mittel, um zu siegen. Besiegt euch höchstens selbst!«

»Und wie soll das geschehen?«

»Indem ihr eure dunklen Seiten – den eigenen Bock und Widder – nicht verdrängt, ihn vielmehr anschaut und damit beginnt, euch mit ihm auszusöhnen.«

»Was du da ansprichst erinnert mich an eine Figur, die ich vor Jahren schnitzte, aus dem Stück eines Bergahorns. Ich fand es im Wasser eines Gebirgsbachs, der es schon vorgeschliffen hatte. Es ist eine Gestalt mit einem halben Gesicht. Seine linke Hälfte ist plastisch erhaben, während die rechte sich nach innen wölbt. Ganz ausgehöhlt ist sie auf dieser Seite, weil das Holz da verfault war.

Der Mensch, den ich aus diesem Ahorn formte, hatte, wie man so sagt, ›sein Gesicht verloren‹. Also ließ ich die vorgegebene Höhlung ganz im Schwarz versinken, und belegte die erhabene Seite mit Blattgold. Wem ich da immer mehr Gestalt verlieh, er mußte zu seiner ihm zugedachten Ganzheit zurückfinden. Wie aber war das möglich?

Aus dem vorderen Teil seines Rumpfes kam ein gewaltiger Auswuchs heraus, der schon von Natur aus so geformt war wie ein mächtiger Bär. Ich mußte daran nur noch wenig ändern. Das, so ging mir auf, war die verborgene Bärenkraft, die in einem jeden von uns steckt. Nun mußte ich der Statuette nur noch Hände geben, die diesen Bär umarmen, dann würde der Mensch sein Gesicht zurück gewinnen.«

»Mit dieser, meiner ungestümen Kraft habt ihr zu ringen. Sie wächst euch nur zu, wenn ihr bereit seid zu erkennen, wo und wann ihr eures Nachbarn Schafe reißt, ihn beneidet um seine Honigtöpfe, danach trachtet, sie ihm zu entwenden. Diesen Bären in euch habt ihr zu besiegen, ein jeder in sich selbst: den Zorn, den Stolz, den Neid, den Geiz, die Trägheit, Völlerei und Grausamkeit. Dann kommt ihr nach und nach wieder heran an die euch von Anbeginn verliehene eigene Bärenkraft. Dann werdet ihr erkennen, daß ihr nie aus dem Grund zornig seid, den ihr glaubt. Vielmehr ist es eure eigene Unfähigkeit, mit einer gegebenen Situation besser umzugehen, eure Feigheit, die euch hindert eure Wut in Mut zu verwandeln. Und so ist es mit all diesen sogenannten Sieben Todsünden.«

»Es gibt einen antiken Helden. Er hieß Herkules. Ihm war aufgetragen, zwölf Aufgaben zu bewältigen. Dies tat er in der äußeren Welt. Aber indem er sich damit im Außen konfrontierte, erledigte er nach und nach das jeweils damit verbundene Problem in seinem Inneren. Als er all

die anfangs als unlösbar erscheinenden Herausforderungen angenommen und erledigt hatte, wurde er zu den Göttern erhoben.«

»Ja, so ist es, Don Pedro, und dann werdet ihr erkennen, was ein Held ist, und daß Herkules in einem jeden von euch steckt.«

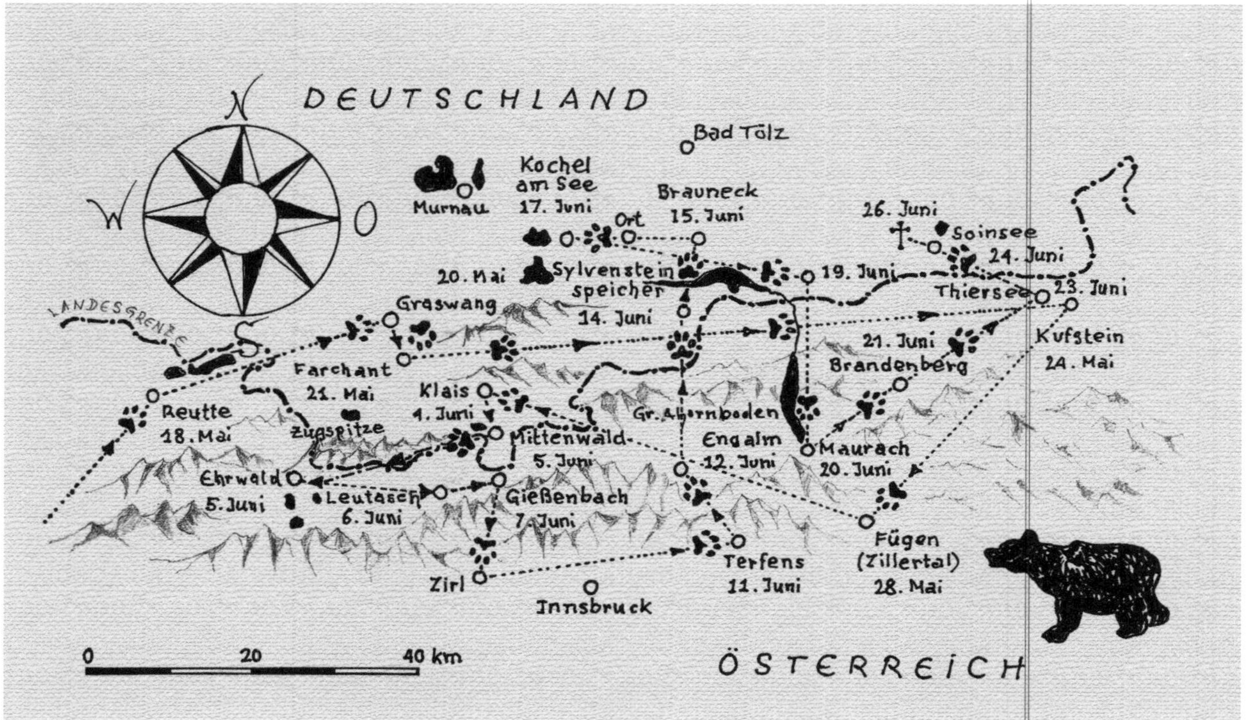
DEUTSCHLAND
N
W
O
S
LANDESGRENZE
Bad Tölz
Murnau
Kochel am See
17. Juni
Brauneck
15. Juni
Ort
26. Juni
Soinsee
24. Juni
20. Mai
Sylvenstein speicher
19. Juni
Thiersee
23. Juni
Graswang
14. Juni
21. Juni
Brandenberg
Kufstein
24. Mai
Farchant
21. Mai
Klais
4. Juni
Reutte
18. Mai
Zugspitze
Mittenwald
5. Juni
Gr. Ahornboden
Engalm
12. Juni
Maurach
20. Juni
Ehrwald
5. Juni
Leutasch
6. Juni
Gießenbach
7. Juni
Terfens
11. Juni
Fügen
(Zillertal)
28. Mai
Zirl
Innsbruck
0
20
40 km
ÖSTERREICH

Brunos Wanderwege in der Zeit vom 18. Mai bis 26. Juni 2006

18. Mai: Reutte/Österreich
20. Mai: Graswang bei Ettal/Deutschland
21. Mai: Farchant bei Garmisch/Deutschland
24. Mai: Kufstein/Österreich
28. Mai: Fügen/Zillertal/Österreich
01. Juni: Klais bei Mittenwald/Deutschland
05. Juni: Mittenwald/Deutschland
06. Juni: Ehrwald/Leutasch/Österreich
07. Juni: Giessenbach/Zirl Österreich
11. Juni: Terfens/Österreich
12. Juni: Großer Ahornboden/Engalm/Österreich
14. Juni: Fall/Sylvensteinspeicher/Deutschland
15. Juni: Brauneck/Deutschland
17. Juni: Kochel am See/Deutschland
19. Juni: Wildbad Kreuth/Deutschland
20. Juni: Maurach/Plansee/Österreich
21. Juni: Brandenberg/Österreich
23. Juni: Thiersee/Österreich
24. Juni: Soinsee/Deutschland
26. Juni: Rotwandgebiet/Spitzingsee

Weiterführende Literatur

Golowin, Sergius: *Bären im Bärenwald.* Loeb & Der Bund, Bern 1986

Drößler, Rudolf: *Als die Sterne Götter waren.* Bastei-Lübbe, Bergisch Gladbach 1981

Fasching, Gerhard: *Sternbilder und ihre Mythen.* Springer, Wien 1994

König, Karl: *Bruder Tier.* Frankfurt a. M., Fischer TB 1988

Mills, Judy A.: *Bären als Haustiere, Nahrungs- und Heilmittel.* In: *Bären* (hrsg. v. Ian Stirling), Orbis, München 2002

Nauwald, Nana: *Bärenkraft und Jaguarmedizin.* AT-Verlag, Aarau, Schweiz 1998

Ranke Graves, Robert v.: *Griechische Mythologie. Quellen und Deutung, Bd. 1 u. 2,* rororo, Reinbek 1960/61

Sorger, Hans-Peter: *Der Bär ist wieder da! Konflikte und Chancen. Handbuch Braunbär,* 128 S. Leopold Stocker Verlag, Graz – Stuttgart 1995

Stirling, Ian: *Bären.* Orbis, München 2002

Storl, Wolf-Dieter: *Der Bär. Krafttier der Schamanen und Heiler,* 278 S., 2. Aufl. 2006, AT-Verlag, Baden und München

Volmar, Friedrich A.: *Das Bärenbuch,* Paul Haupt, Bern 1940

Zerling, Clemens & Bauer, Wolfgang: *Lexikon der Tiersymbolik. Mythologie – Religion – Psychologie,* 352 S., Kösel-Verlag, München 2003

Sonstige Quellen

Brunner, Bernd: *Eine kurze Geschichte der Bären.* Claasen, Berlin 2005

Chestin, Igor: *Der Braunbär.* Neue Brehm-Bücherei, Bd. 633, Westarp, Magdeburg 1996

Huber Thomas, Kaczensky, Petra u. a.: *JJ 1 »Bruno« in Tirol, Vorarlberg und Bayern 2006.* Österreichische Bären-Eingreiftruppe September 2006, Protokoll und Beurteilung der Ereignisse, Wien

Knauer, Felix (Uni Freiburg): *Umgang mit Problembären im Trentino.* Stand: Sommer 2006, 11 S. illustriert (ein mir persönlich zugänglich gemachtes Skript von Prof. Dr. Wolfgang Schröder, Wildbiologe, Murnau/Riegsee)

Münchner Merkur: Tägliche Berichterstattung über den Verlauf der Ereignisse im Zusammenhang mit Bär Bruno, hauptsächlich in der Zeit von Ende Mai bis Ende Juni 2006 und darüber hinaus. Die Berichte sind nachträglich einsehbar über www.merkur-online.de

Wikipedia, freie Enzyklopädie: *Braunbär.* Artikel, 21 S. wurde von Wikipedia in die Liste der exzellenten Artikel aufgenommen. www.wikipedia.de

Safari DVD: *Braunbären.* 42 Min.

Jean Jaques Annaud: *Der Bär,* Spielfilm

Astronomie

Bode, Johann Elert: *Die Gestirne* – Vorstellung der Gestirne auf 36 Tafeln (1782) neu hrsg. vom Förderkreis der Landessternwarte Heidelberg, www.lsw.uni-heidelberg.de/Foerderkreis/Bode im Astaria-Verlag OHG, Brunnengasse 18, Heidelberg, Tel. 0 62 21-60 32 16; mit Dank für die Genehmigung zum Abdruck zweier Bilder aus dem Werk.

Peter Raba
in der Edition Lebenswert

Eisbärengespräche

Drei noch ungeborene Eisbären-Embryonen philosophieren im Bauch ihrer Mutter im Zoo:

Gibt es so etwas wie ein Leben nach der Geburt? Und wenn ja, wie sieht es aus? Landen wir zufällig irgendwo auf der Erde oder ein jeder gesetzmäßig an dem Ort, wo er seine ihm zuerteilte Aufgabe am besten erfüllen kann?

»Gott würfelt nicht«, hat Albert Einstein einmal gesagt. Haben Eisbären also auch eine Aufgabe zu erfüllen, und wenn ja, welche? Verfügen sie über eine Art von Intelligenz, die unserem Verstand nicht zugänglich ist? Könnte es sein, daß die Eisbären in einem imaginären Zoo, das Eis um die Herzen der Menschen zum Schmelzen bringen sollen, damit das Eis an den Polen der Erde sich wieder verfestigt?

Peter Raba fragt und die Bären geben Antworten. Erstaunliche Antworten die zum Nachdenken anregen und auf einmal vollzieht sich das Paradoxon: man ist sich nicht mehr so ganz sicher, wer hier das wahre Raubtier ist: Der intelligente Bär oder die Intelligenzbestie Mensch.

ISBN: 978-3-9812194-2-5
Titel ist in Vorbereitung für Sommer 2008
www.edition-lebenswert.de

Peter Raba
in der Edition Lebenswert

Das Glück ist ein Saibling

Peter Raba begibt sich hier auf seine ganz persönliche Spurensuche nach dem Glück in Form eines autobiographischen Romans. Noch nie hat Raba dabei so ungeniert und mit heiterer Unbekümmertheit Einblicke in seine ganz persönliche Sphäre zugelassen.

Seit über 30 Jahren mit der Behandlung meist chronisch kranker Menschen beschäftigt, forscht Raba von jeher nach den letztmöglichen Ursachen solch psychischer und physischer Entgleisungen eines Individuums. Dabei wurde ihm immer wieder klar, wodurch und wie sehr wir uns alle an jenem belebenden Gemütszustand hindern, den wir als Glücksgefühl bezeichnen, und in welch hohem Maße wir uns dabei in den selbstgebauten Gefängnissen unserer eigenen Vorstellungen einschließen. Dabei haben wir nichts zu verlieren, außer unseren Ketten in Form von Anhaftungen und Begierden und schon stellen sich befreiende Zustände persönlichen Erlebens ein, denen wir das Etikett »Glück« aufkleben können. Besonders aufschlußreich ist dabei, daß unterschiedlichsten Gefühlen von Glück eines gemeinsam ist: Eine Empfindung von unbekümmertem Fließen und Strömen innerhalb des eigenen Organismus, welche zu einer heiteren Gelassenheit und Leichtigkeit des Seins auch in schwierigen oder gefährlichen Situationen führt.

In immer wieder überraschenden Wendungen wird der Leser dabei von einer Realitätsebene in die andere geradezu hineingerissen und erhält dabei Einblicke in das Leben von Peter Raba und seiner Lebensgefährtin Mona, in die Welt seiner Träume und kreativen Vorstellungen und in seine grotesken Gespräche mit dem inneren Schweinehund ebenso wie dem eigenen inneren Gott. Fazit: Glück ist ein Zustand der Seele, der unabhängig von moralischen Zwangsjacken erlebt werden kann und auf den wir entscheidend Einfluß nehmen können. Er hängt in besonderem Maß von unserer Wahrnehmung der Wirklichkeit ab.

ISBN: 978-3-9812194-1-8
Titel ist in Vorbereitung für Herbst 2008
www.edition-lebenswert.de

Lori und Lurano

Ein Märchen von Fröschen und Menschen für Kinder von 10 bis 110 Jahren und mehr. Ein Gleichnis für die zeitlose Kraft der Liebe.

Die Geschichte handelt von Fröschen und Menschen in einem kleinen verschlafenen Dorf, welches den Anschluß an die große Welt sucht. Dabei prallen unterschiedliche Meinungen und Interessen aufeinander. Die anstehenden Veränderungen bringen den Lebensraum der Frösche im nahen Moor durcheinander, aber altes Wissen um die Kraft der Imagination und die Macht der Liebe hilft ihnen, die Situation zu meistern, die unterschiedlichen Meinungen zu versöhnen und das ihnen drohende Unheil weitgehend abzuwenden.

Die zu Beginn noch kämpferische Haltung der Frösche weicht unter Anleitung des uralten Kaule, ihrem schon x-mal inkarnierten Meister, Magier und Propheten, einer einsichtigeren Haltung, geboren aus dem allmählichen Verständnis, daß Kampf kein Mittel ist, um zu siegen. Der ebenso »aufgeweckte« wie tagträumerische und der Sprache der Tiere kundige Schuljunge Lori korrespondiert auf telepathischem Wege mit Lurano, dem Anführer der Frösche, der diese Ideen in die Tat umsetzt.

Quintessenz des Ganzen: Ein Gleichnis für die unerkannte Schattenseite in jedem Menschen, verbunden mit der stillschweigenden Aufforderung: Willst Du den Prinz in Dir erlösen, mußt Du den Frosch in Dir umarmen!

Dieses moderne Märchen mit realem Hintergrund wurde vom ehemaligen bayerischen Umweltminister Alfred Dick mit einem besonderen Lob bedacht und als Lektüre für die bayerischen Schulen empfohlen.

Einhornswies
Eine paradiesische Phantasie

»Mit Einhornswies erschuf Peter Raba ein völlig neues Universum aus Träumen, Poesie und symbolischen Bildern. Es ist die dem Innersten unserer Seele vertraute Urmelodie der Liebe, die sich hier in immer neuen Wortschöpfungen kundtut.

In spielerischer Weise führt uns Raba durch sein ›unheilig-heiliges Paradies‹, sodaß wir ihm staunend in seine schriftstellerischen Wachtraumlandschaften und metaphorischen Welten folgen, die geprägt sind von ebenso skurrilen Dialogen wie tiefsinnigen Betrachtungen. Ein dionysisches Ballett der Seele, in einer Landschaft, in der die Blätter der Bäume wachsen, auch wenn sie wissen, daß sie im Winter fallen werden, einer Landschaft, deren Horizont immer wieder aufreißt, um farbenprächtige Einblicke in höhere kosmische Ordnungen zu gewähren.«

Robert Holzach, München